幕《まく》間《あい》のモノローグ

長岡弘樹

PHP
文芸文庫

○本表紙デザイン＋ロゴ＝川上成夫

幕間《まくあい》のモノローグ　目次

第一章　沈黙のスピーチ

1

朝、学校に顔を出すと、事務室にあるメールボックスに、おれ宛の封筒が一通届いていた。

先日受けたオーディションの結果のようだ。その場では封は切らず、懐《ふところ》にしまう。そうしてロッカー室に向かったところ、廊下で出くわした顔があった。

南雲草介《なぐもそうすけ》だ。

『二十一世紀アクターズスクール』の俳優・タレント科には、現在五名の講師がいる。そのうち二人が舞台監督、一人が映画監督、一人がテレビドラマの脚本家だった。現役のプロ俳優は南雲だけだ。

彼はおれを待っていたようだった。

「先日受けたオーディションの結果が出たようだね、折崎《おりざき》くん」

おれは軽く肩をすくめるようにして、恥ずかしそうにこめかみを掻《か》いてみせた。

南雲の目から見れば幼稚《ようち》な芝居だろうが、オーディションを受けてみての手応《てごた》えがどうだったのかは、これで伝わったはずだ。

「患者の役だと聞いたが」

「ええ」

挑戦した役は、「病人A」だった。劇場にはかからない、いわゆるビデオスルー映画のちょい役だ。病室を出たあと、よろよろと廊下を歩き、ウォータークーラーの水を紙コップで不味《まず》そうに飲む。それが、求められた演技の内容だった。

「次は殺し屋の役を受けるそうじゃないか」

他の俳優養成機関ではどうなっているのか知らないが、この学校では、研究生が任意でオーディションを受ける場合、その概要を事務方に届け出る決まりになっている。

「悪役は、やってみると病みつきになる」

南雲は薄い唇の端に白い歯を覗《のぞ》かせた。

「まあ、悪にかぎらず、どんな役でも演じるのは楽しいものだがね」

そのとおりだ。何にでも化け、幾《いく》つもの人生を体験する。プロになれれば、役者ほど〝命を得する〟仕事はない。

「さてと」南雲は胸の前で手の平を組み合わせた。「ちょっと時間はあるかな。今後の役作りの参考になるかどうか分からないが、一つ興味深い話を、きみに教えておこうと思ってね」

「お願いします」

「じゃあ話そう。医療の世界では、よくこういう出来事が起きるらしいんだ。例えば、ある男の娘が重い病に罹《かか》ってしまったとする」

男は、つまり父親は必死の思いで天に祈り続けた。娘が治るのなら、わたしの片腕をあげてもいい、と。その後、彼は交通事故で本当に片腕に大怪我《おおけが》を負ってしまった。すると、ほどなくして娘の病状が快方に向かい始めた。

それが南雲の話だった。彼自身が映画で医師を演じた際、リサーチの過程で得た知識だという。

「要するに、強い願望というものは、自分だけでなく、別の人の身にまで変化を及ぼしてしまうものなんだね」

たしかに興味の尽きない話だ。

「ところで一つ訊くが、もしきみが医師で、この父親から、娘の病気をなんとかしてください、と懇願《こんがん》されたら、どうする？　どう答える？」

きない。——俳優には独創力が欠かせない。当たり前の考えでは、当たり前の演技しかできない。

それが南雲の持論だ。彼を納得させるだけの答えを見つけるのに、しばらくのあいだ、額《ひたい》に手を当てて考え込まなければならなかった。自然と顔が俯《うつむ》きがちになる。

「わたしなら……」

ようやく額から指を離し、おれは顔を上げた。

「その父親に鉄パイプでも渡してやってから、こう答えます。『これで片腕を怪我するまで叩きなさい』」

南雲の言った事例では、父親は偶然、事故に遭《あ》っている。それを故意の怪我に変えた場合、同じ効果が期待できるかどうか。疑わしいところだが、南雲を満足させられるかもしれない答えとしては、これしか思いつかなかった。

こっちの返答に対し、南雲は器用に片眉《かたまゆ》だけを上げてみせた。微《かす》かに顎《あご》を引く動作がそれに加わる。

どうにか、彼の眼鏡にかなう返答にはなったようだった。

南雲に一礼し、ロッカー室に入ると、

「やっ」

軽く手を挙げながら、そばに寄ってきた人影があった。伊野木亘《いのきわたる》だ。

スクールの俳優・タレント科には、現在、百名ほどの研究生が在籍しているが、おれにとって親友と呼べるような研究生はいなかった。

強《し》いて例外を挙げるとすれば、同性ではこの伊野木、それから二宮譲《にのみやじょう》。異性なら、矢棉素実《やわたもとみ》と仙波《せんば》ハルカぐらいか。

なかでも最も親しいのが伊野木だった。ときどき話をするだけの間柄に過ぎないとはいえ、誰よりも気が合う相手だと思っている。

伊野木からは以前に一度、悩みを打ち明けられたことがあった。役者の道をあきらめようか迷っている、と。おれも伊野木も、オーディションに落ちた回数では、研究生中、一、二位を争っている。

――あと二回。

オーディションの結果を聞くのは、これを含めてあと二回と決めている。

先ほど懐にしまった封筒に、おれは服の上からそっと手を当てた。

これが駄目なら、次の殺し屋役が最後だ。

それで役をもらえなかったら、スクールを辞めて、つまり役者をあきらめて、別の道を歩くことにする。

「今日はこれから何の授業？」伊野木が訊いてきた。

「殺人者は誰だ」

そうおれは答えた。次の授業で行なうエチュードの名称だ。

「ああ、あれか。トランプのカードを使うやつだろ。ぼくも前にやった」

「ところで伊野木、悪いけど、もし時間があるなら、ちょっとおれの演技を見てくれないか」

あいだに三つ置いたロッカーの扉を開けながら、伊野木は「いいよ」と小声で応じた。

「この歩き方、どう見える」

先日のオーディションでやった病人Aの動きを再現してみせた。

「病人、だよね」

「そう」

「巧《うま》いと思うよ。衰弱した様子が内側から出ている。どうやって演じているわけ？」

「コツをひとことで言うと、電車に乗っているときの歩き方、だ」

だいぶ前になるが、おれにはバイクで転倒して骨折し、入院した経験がある。

しばらくのあいだ使っていた松葉杖を外した際、どうにか歩けることは歩けたものの、まるで安定せず、かなりぎこちない動作になってしまった。

困惑しつつ連想したのが、高校時代に通学に使っていた二両編成のローカル線だった。電車の走行中、車両から車両へ移動するときに感じた揺れ方が、ちょうどこんなふうだったな、と思ったのだ。

「なるほど。病人の演技をする秘訣の一つは、電車内をイメージすること、だな」

伊野木はロッカー内からボールペンと手帳を取り出した。「参考になるよ」

「じゃあ、次はこの演技を見てくれないか」

架空のコップを持ち、水を飲むアクションをしてみせた。不味そうに飲んだつもりだった。

「これは、どう見えるかな」

「水が不味いだろうことは、表情からよく分かったよ。だけど……」今度は伊野木はいい顔はしなかった。「上辺《うわべ》だけの演技にとどまっている気がする。こっちにまで水の味が伝わってこない」

やはり「病人A」を逃した原因は、後半部分の演技にあったようだ。

「じゃあ、きみならどんなふうに演《や》る？」

伊野木もウォータークーラーを前にしたアクションを披露《ひろう》してみせたが、飲んだものの味が伝わってくるほどの深みは感じられなかった。

普段の伊野木は無口な男だ。レッスンとレッスンの合間の休み時間にも、ほかの研究生と喋ったりすることは珍しい。

小柄だが手足が長く、女性のようにしなやかな体をしている。そこは大きなアドバンテージかもしれないが、役者の卵にしては声が小さいのが難だ。だから人間まで小さく見えてしまうことがある。

自分でも声の弱さを気にしているのかもしれない。そのマイナス点をカバーしようとしてのことだろう、演技に入ると、必要以上にオーバーな動きになってしまうという悪い癖《くせ》もあった。

「こう言っちゃ失礼だが、伊野木。きみの演技もNG確定だ」

ではこの場合はどのように演技をすればいいのか。しばらく二人で話し合った。殺し屋役のオーディションは明後日、水曜日の午後からだ。いまのうちに少しでも自分の欠点は修正しておきたい。

伊野木と向き合い、三つ四つ意見を出し合ったが、結論らしいものは出なかった。

「今度は、こっちからお願いをしてもいいかな。ぼくも助言が欲しいんだ」

伊野木は遠慮がちに言い、帽子をロッカーのフックから外して被《かぶ》った。アクションもののヒーローを演じることを目標にしている伊野木だが、映画の好みはフランスのヌーヴェルヴァーグ作品だという。そんなわけで、彼はいつもボルサリーノふうの中折れ帽を愛用していた。体のシルエットはいいが、顔がやや貧相なため、あまり似合っていない。

おれは壁の時計に視線を走らせた。次の授業まで、まだだいぶ余裕がある。

「どうぞ」

「実は、病気で困っている」

「見たところ、きみは健康そうだけど」

「ぼくは大丈夫だ。病気なのは妻だよ」

「え、結婚していたのか」

「実はそうなんだ。彼女は難聴を患《わずら》っていたんだが、それが悪化しちゃってね」

耳にできていた腫瘍《しゅよう》が脳に転移し、たいへんな手術が必要になった、とのことだった。

伊野木の父親は鉄工所を経営している。その親父さんの方は、以前から健康状態がすぐれなかったようだ。そういう話ならすでに聞いていた。しかし妻がいて、そちらも病気を抱えているとは初耳だったから、軽く驚いた。

「ぼくは、どうすればいいんだろう」

「そうだな……」

顎に手をやり考える素振りをしてみせたが、頭の中では当然のように、さっき、南雲から聞いた話が思い出されていた。

「一つ訊くが、伊野木。きみは奥さんのために、どんな犠牲《ぎせい》を払える？」

「頭を坊主にしてもいい」

言って彼は口元をわずかに歪《ゆが》めた。その程度のことしか思いつかなかった自分に対する自嘲《じちょう》。そんな意味の笑いかもしれない。

伊野木は長髪が似合っている。坊主になるということは、役者としてのアドバンテージを捨てることを意味する。

「じゃあ坊主にすることだ」

伊野木は怪訝《けげん》そうに眉根《まゆね》を寄せ、帽子を被り直した。目の焦点がわずかに合わなくなったのは、頭皮が見えるほど短くなった自分のヘアスタイルを想像することに意識を振り向けたからだろうか。

「どうした。やれないのか。だったら奥さんのことは、気の毒だが、あきらめるしかないな」

少しきつい言い方になった。それは伊野木に踏ん張ってもらいたいからだ。二人のうちせめてどちらか一人は、プロの役者として活躍できるようになろう。そんな暗黙の了解が、おれと彼のあいだで出来上がっていたからだった。

残った方は、去っていった方の分まで頑張るのだ。

では二人が同時に断念したら？　そんな事態は考えないようにしていた。

「アドバイス、ありがとう」

細い声でそれだけを言うと、伊野木は去っていった。

きみが続けるなら、おれは辞めてもいい――おれは伊野木の背中に向かってそう内心で声をかけていた。親が自分のなしえなかった夢を子に託すような心境だ。この道は険しいから自然とそうした気持ちになる。

室内には誰もいなくなった。

オーディションの結果が入った封筒を、おれは懐から取り出した。やろうと思えば大っぴらに封を切ることもできたのだが、そうはしなかった。切る必要がなかったのだ。電灯にかざしてみると、「残念ながら」と読める一連の文字が透《す》けて見えたからだ。

2

おれを含めて総勢二十三人の研究生たちは、稽古場《けいこば》として使っている教室で車座になった。

「このカードの山を順番に回して、上から一枚ずつ取っていってください」

おれはそう言って、十分にシャッフルした二十二枚のトランプのカードを束ね、そばにいる研究生に手渡した。

「さて、憎悪と犯罪の舞台へようこそ」

カードの束が手から手へと渡っていくあいだ、裁判官役のおれは、できるだけ重々しい口調でほかの研究生たちに告げた。

「本日、これからここで世にも恐ろしい殺人が行なわれます。この中に必ず犯人がいます。みなさんには、その犯人を見つけていただかねばなりません。——それでは、まず配られたカードをご覧ください。その中には一枚だけジョーカー、つまり犯人カードが含まれています」

全員の目が一斉に自分の手元に注がれる。

「ご覧になりましたか？　では目を閉じてください」

目を開けている人がいないか、二十二人の顔を一つ一つ確認しながら、おれは続けた。

「もう何度も言っていることなので、いまさら繰り返すまでもありませんが、念のために申し上げます。先輩諸君、後輩を殺すことに一切の遠慮はいりません。後輩諸君も同じく、先輩をどうぞ臆せずターゲットにしてください。これはあくまでもエチュードに過ぎないということをお忘れなく。単なる演技訓練ですから、被害者にされたことを根に持つ人は誰もいません。――では、犯人カードを引いた人だけ目を開けてください」

目を開けたのは矢棉素実だった。

いまも人気のある納谷《なや》ミチルというベテラン女優がいる。彼女に憧《あこが》れるあまりこの道を目指したという素実だが、役者としての才能は間違いなく持っている。ここの研究生ではあるが、すでに仕事のオファーがコンスタントに舞い込んでいるほどだ。

彼女が犯人になるよう狙ったわけではない。カードはしっかりシャッフルした。ジョーカーが誰の手元にいくのか、おれにも分からなかった。

「それでは犯人は、誰か一人を殺してください」

素実の首が動いた。彼女が顔を向けた先にいたのは仙波ハルカだった。素実はハルカに対して、くいっと顎を突き出し、殺したという意思表示をした。

「いま殺されたのは――」

おれは視線をハルカの方へやった。

「仙波さん、あなたです。仙波さんには、死ぬ前に、幾つかの質問に答える義務があります。あなたは誰に殺されたと思いますか？　目を開けて指をさしてください」

ハルカはしばらく考える素振りを見せたあと、

「この人だと思います」

二宮を指さした。

「仙波さんが指摘したのは二宮くんです」

二宮は目を閉じたまま、どぎまぎするような表情を浮かべた。

「では仙波さん、あなたはなぜ二宮くんに殺されたのでしょうか。理由を述べてください」

「先月のことですが、二宮くんの書いた脚本に、わたしがケチをつけたからです」

俳優・タレント科の研究生であっても、短編の脚本を書く勉強を課せられている。

「どんなケチですか。もう少し説明してください」

「二宮くんが『役をやった』という台詞《せりふ》を書いたのですが、わたしはそれを見て『役に扮《ふん》した』の方がいいと意見しました」

「小説とは違って脚本なわけですから、細かい文章表現はどっちでもあまり変わりないように思えますが」

「そんなことはありません。脚本の文章は、それを目にした俳優の心情に影響します。『役に扮した』の方が、それを読んだ役者の緊張感をより高めるのです」

俳優になることがかなわなければ脚本の道に進む。そう公言しているだけあって、ハルカはときどき些細《ささい》な表現の差にずいぶん拘《こだわ》る。だがそれは、演技を志す者にとっても見習わなければならない心掛けだ。

「分かりました。では仙波さん、あなたは殺されましたので、死亡してください」

ハルカが床の上で仰向《あおむ》けになった。指を組んだ手を腹の上に載せる。

それから研究生たちは一人ずつ二宮に、

「あなたは被害者のことをどう思っていたのか」

「あなたは自分で書いた脚本を気に入っていたのか」

などと尋問を始めた。

被疑者は尋問に対して絶対に嘘をついてはいけない。それがこのエチュードの規則だ。だが、演技はしてもいい。

「みなさん、何をおっしゃるんですか、このわたしがそんな悪人に見えますか」といったように、芝居気たっぷりに振舞うことは許されている。というよりも、そうして演技の訓練をすることが、当エチュードにおける本当の目的なのだ。

真犯人である素実も、しれっとした顔で二宮に、

「あなたの脚本は出来がよかったから、被害者から嫉妬《しっと》されていたのではないか。そうは思いませんか」

などと問い質《ただ》している。

一通り尋問が終わると、おれと二宮、それにハルカを除いた二十人の研究生たちのうち、十人は二宮を真犯人だと判断した。別の十人はほかの者を真犯人だと言った。矢棉を真犯人だと指摘した人はいなかった。

被疑者にしか質問しないというルールでは、犯人を当てるのはとても難しい。だが、推理ゲームをしているわけではないため、外れて当たり前であることに不満を漏らす研究生はいなかった。

真実を知っているおれは、

「ここで結果を発表します。——みんな間違いです」

そう伝え、最初の回は終了となった。

「では、新たな殺人を起こしましょう」

おれはカードを回収し、それをシャッフルし直した。

3

殺し屋のオーディション会場へ行こうと準備をしているとき、また南雲に呼び止められた。

彼は指でカメラのフレームを作り、おれの顔にじっと視線を当てたあと、大袈裟《おおげさ》に眉をひそめてみせた。

「もうちょっと緊張をほぐせないか？　その硬い表情じゃあ、オーディションなど受けるだけ無駄だぞ」

「では、ちょっとウォームアップをしておきます」

「そうした方がいいな」

おれは、スクールが入居しているビルの階段を何往復か駆け足で上り下りすることで軽く汗をかくようにした。

走り終えて息を切らせながら元の場所に戻ると、南雲は、

「硬さが取れたね。いい表情になった」

そう言って微笑《ほほえ》みながら、上着のポケットから手帳とボールペンを取り出した。

「これに、きみのサインをもらえるとありがたいな」

ペンを渡されたものの、戸惑うしかなかった。こっちはまだデビューの足掛かりすら摑《つか》んでいない身だ。当然、サインの書き方など考える余裕もなく日々を送っている。どう書いていいか分からない。

「即席の自己流でいいよ。未来のスターだから、いまのうちにもらっておきたいと思ってね」

『折崎伸也《しんや》』と本名を楷書《かいしょ》で書くよりしかたがなかった。

　南雲の演技指導は、研究生の自主性を尊重する、というものだった。声を荒らげることは決してなく、まだ五十代の半ばだが好々爺《こうこうや》という表現が似合う表情でいつもレッスン場の椅子に座っている。

　そんな彼は、ただし、ときどき独り言のように呟く。「駄目だね」と。どこが駄目でどうすればいいのか。答えはすぐには教えてくれない。

　この指導法で本当に上達するのか……。ときおり不安を覚えることもあるが、どうも摑みどころのない南雲という男が、おれは嫌いではなかった。

「いいかい。オーディションでは、いろんな道具を示されて、これを使って人殺しをするにはどうするか、と問われるかもしれない。そうしたら、独創的な殺しの方法を考えるんだ。誰もが思いつくようなやり方では、まず合格は覚束《おぼつか》ない」

「分かりました」

「それから、もう一つ念押しのアドバイスだ。もちろん心得ているだろうが、役が欲しければ手を挙げちまえ、だ」

「はい」

「昔、わたしが駆け出しの頃、オーディションを受けたとき、『一輪車に乗れる人はいるか』と訊かれた。誰一人手を挙げなかった。わたしも一輪車など触ったこともなかった。だが、手を挙げた。はったりだよ。その場に一輪車はなかったから、すぐに乗ってみろと言われる心配はなかった。だから挙げたんだ」

「でも、乗れないんでしょう」

「そうさ。だから練習をすればいい。役をもらってから撮影までのあいだにね。カメラが回る直前の時点で乗れるようになってさえおけば、何も問題はないだろ？」


オーディションの会場は、雑居ビルの一室だった。

再来月から放映が始まる刑事もののテレビドラマで、初回と第二話に登場する殺し屋の役だ。無名の俳優を起用することになったのは監督の意向らしい。彼もかつては役者を志望していた人だから、埋もれている人材にチャンスを与えることが大事だということを、身を以《もっ》て知っているのだろう。

殺し屋役は人気が高い。今回のオーディションには、八十人も応募者がいた。

まず、何人かずつ順番に、部屋の端から端まで何往復も歩かされた。

続いて、短い台詞を喋ってみる段になった。その場で渡されたB5の紙一枚が台本だ。

「殺しってのはちょっとだけ難しいんですよ。死ぬのは簡単ですがね」

書かれているのはその一行だけで、どんな場面かは自分で想像して言ってくれ、とのことだった。

おそらく殺し屋が仕事を請け負うとき、依頼人に向かって言う言葉だろう。すぐにそう見当はついたが、おれは、殺し屋がターゲットに対して最後に聞かせる言葉のつもりで喋ってみた。

台詞のテストが終わったあと、いったん部屋の外に出されて、一人ひとり呼ばれる形式に変わった。

おれの番になり、部屋に入ったところ、長机の上に幾つかの物品が用意されていた。細い針金、フォーク、牛乳瓶《びん》、新聞紙、ライター、木製ハンガー、鉛筆、鋏《はさみ》、そして傘だ。

少し離れた場所には、成人男性のマネキン人形が一体、裸のまま置いてある。

「ここにあるものを一つだけ、殺人の道具として使ってください」係員が言い、マネキンを指さした。「あれがターゲットです」

考えるために与えられた時間は十五秒だけだった。

まず目がいったのは鋏だ。おれはいまのスクールに入る前、一年間だけだが理容師をしていた。この道具なら扱いに慣れている。しかし凶器としては面白くも何ともない。

結局、おれが手を伸ばしたのは鉛筆だった。それを握ってマネキンの目を突き刺すふりをしてみせた。何かの小説で、鉛筆を眼球に突き刺して脳を破壊するという描写を読んだことがあった。それを思い出してのことだ。

一次合格者の発表はその場でなされる。結果が出るまで応募者は大部屋で待つ。独創的な方法でなければ合格は覚束ない――南雲の言葉を思い出していると、誰かの会話が耳に入ってきた。

「どうやった?」

「鉛筆を使った。眼球に刺して殺すってやり方」

「ええっ、おれもだよ」

4

その日の正午過ぎ、昼食の邪魔にならない頃合を見計らい、おれはインストラクター室へ向かった。病人Aの役に落ちたことはもう告げてあった。今日は、殺し屋役について同じ報告をしなければならない。

懐にしまった記入済みの退校願いが、封書一通にしてはやけに重く感じられる。

南雲は自分の席で新聞を広げていた。昼時には出前の弁当をつついていることも多い南雲だが、今日は何も食べた形跡がない。次の出演のために体形を絞る必要があるのかもしれなかった。

オーディションの結果を告げると、南雲は、それまで読んでいた新聞紙を静かに閉じた。

「会場では、どんなことをさせられた？」

先日の概要をざっと話したところ、次に彼は、いま閉じた新聞を、全ページまとめてくるくるときつく巻き上げ始めた。

「その殺し屋だが、なぜそんな仕事に手を染めているのかな？」

「幼い一人息子が死んで、世の中のすべてを恨むようになったからです」

これは脚本に記されていたわけではない。オーディションに臨む前におれが自分で拵《こしら》えた設定だ。

「息子はどうして死んだ？　病気？　それとも事故かい？」

そこまで考えていなかった。一瞬口ごもったが、思いつきで答える。「事故です。車に轢《ひ》かれて」

「即死だった？　それとも病院に運ばれてから息を引き取った？　どっちかな」

「病院で」

そこまで考える必要があるか、という目をおれはしていたのかもしれない。あるんだよ、の頷《うなず》きを一つして、南雲は続けた。

「殺し屋はぐずぐずしない。一瞬で仕事を終えるのが普通だ。つまりターゲットになった人物は、何が何だかよく分からないうちに死んでいる」

「ええ」

「もし息子が即死だったら、ターゲットの死に方と重なるだろう」

だとすると、その殺し屋は、仕事をする際、いつも少なからず動揺するのではないか。

「要するに、ある人物を演じるコツの一つは、家族の設定も作り込んでおくこと、というわけだ」

その動揺をこそ演技に取り込むべきだ。そう南雲は教えているのだ。

言いながら南雲は、筒状にした新聞を強引に折り曲げ、まるでメリケンサックを着けているように、右手に巻きつけて握った。

「何をしてるんです？」

「凶器だよ。わたしなら、これを使うだろうな」

南雲はふいに、右の拳《こぶし》をおれに向かって繰り出してきた。外側から内側へ円軌道を描く、いわゆるフック気味のパンチだった。分厚い新聞紙の束は、おれのこめかみから一センチほど離れた場所でぴたりと止まった。

「わたしも駆け出しの頃は、悪役やチンピラの役が多かった。殺人者もよくやった。だから方法をいろいろ研究したものだ。そのとき覚えた技の一つがこれでね」

新聞紙は、会場に準備された物品のうち、おれが最も使えないだろうと判断した道具だった。

「……でも、ただの紙ですよ。本当に、人を殺せるだけの凶器になりますか」

「そこまで疑うなら、ちょっと試してみようか」

南雲は、右手を引っ込めファイティングポーズを取ってみせた。その姿勢で彼がすっと目を細めると、それまで彼が身に纏《まと》っていた人の温もりといったものが、ふいに掻き消えたように思えた。

「遠慮しておきます」

おれは半歩退きながら、上着の内ポケットに手を入れ、準備してきた退校願いを取り出した。それを南雲に渡す手が、微かにだが震えてならなかった。一瞬にして殺し屋になりきってみせたこの相手に、本気で恐怖を覚えたせいかもしれない。

受け取った書類に視線を落とし、南雲は軽く目を閉じた。

「まだ少しは迷っているのかい。それとも百パーセント決めたことかな？」

「迷っては……いないと思います」

南雲は立ち上がると、手近にあったスツールを一つ、自分の椅子の向かい側に引き寄せた。

「だったら、その辞めたい気持ちを強く持ったまま、その椅子に座ってごらん」

言われたとおりにした。

「もし心の中に言いたいことがあれば、それをすっかり吐き出してみるんだ。なぜ辞めたいのか。どうして役者の道をあきらめるつもりになったのか。頭の中で声にしてみなさい」

辞めたい理由？　そんなことははっきりしていた。この道はあまりにも厳しい。ライバルが多すぎて、ほんの端役《はやく》すらもらえない。相当強いコネでもなければ食べていくのが難しい。こっちの貯金はもうカツカツなのだ。背に腹は代えられなかった。

しばらくすると、南雲は自分が座っていた椅子を指さした。

「今度は反対に、もう少し役者を続けようと思う気持ちを、無理にでも持って、こっちに移動してごらん」

そして同じように、その気持ちを内心で吐露《とろ》してみろ、という。

南雲の体温が残るその椅子に腰掛け、おれが思ったのは一つだった。

――何倍もの人生を生きたいから。

「どうだい？　二つの立場から自問自答してみて、気持ちに何か変化を感じないか」

退校を願い出る学生は多い。おそらくこれは、辞めていこうとする学生を前にして南雲がいつも試す、翻意させるための行為なのだろうと思う。

おれはと言えば、いまの質問に対しては、やはり首を横に振るしかなかった。

「そうか。しかたがないな。――だけど、あと一週間だけ考えてみたらどうだ。辞めるのは月末でも遅くはないんじゃないか」

「分かりました」とだけ答えた。

考えてみると、今月分の授業料をすでに払い込んでしまっている。スクールから得るものはたしかに多いから、この先、何らかのかたちで人生の糧《かて》にはなるだろう。ぎりぎりまで在籍しないと損だ。

もっとも、どうせ気持ちが変わることはないだろうが……。

5

月末の昼間、学校の近所にあるファストフード店に入り、一人で照り焼きバーガーを頬張《ほおば》っていると、伊野木が入店してきた。

もう今日は授業がないのだろう、手にバッグを持ち、頭には例のボルサリーノふう中折れ帽を被っている。帰宅の装《よそお》いだ。

「例の水を不味そうに飲む演技だけど、こうしたらどうだろう」

向かいの席にバッグを置くと、伊野木はセルフサービス式の給水機のところまで行き、紙コップを二つ持って戻ってきた。

続いてバッグから、マジックペンとコンパクト型のデジカメを取り出し、ペンでそれぞれのコップに何やら文字を書き始める。

照り焼きバーガーをいったんトレイに置き、首を伸ばして彼の手元を覗き込んでみたところ、一つには「湧き水」と書いてあった。

「これを使って演技をしてみてよ」

先日やって結論が出なかった二人の勉強会。その続きを伊野木はやろうとしているようだった。

言われたとおり、おれは「湧き水」と書かれたコップで水を飲む仕草をしてみせた。その様子に、伊野木はデジカメのレンズを向けてくる。動画モードで撮影しているようだ。

「じゃあ、次はこれで」

伊野木が次に渡してきた紙コップには「下水」と書いてあった。

それを使って同様の演技をしたあと、伊野木はデジカメをおれの方に向け、いま撮影した映像をモニター上に再生してみせた。

見てみると、「湧き水」コップの場合は、非常に美味《うま》そうに飲んでいる。反対に

わってきた。

「なるほど。こういう工夫をすればよかったか」

つまり、あの場面を上手く演じるには、例えば、紙コップに小さく「下水」か「泥水」とでも書いておけばいいわけだ。もちろんカメラに映らない位置に。

伊野木は被っていた帽子を取った。露《あらわ》になった頭部からは、以前の長髪が消え去っていた。

「坊主にしろっていきなり言われたときには面食《めんく》らったけれど、試しにやってみたら本当に効果があったんで驚いたよ。妻の病状が快方へ向かいはじめたんだ」

スキンヘッドの一歩手前、いわゆる五厘刈りほどにした頭部をさすりながら、伊野木は小さく笑った。

「そりゃよかった」と冷静に応じつつ、おれは内心で少し驚いていた。本当に効果があったとは。

「折崎くん、きみにはとても感謝している」

伊野木はこちらの手を取り、深々と頭を下げた。

「今度は、ぼくがきみの成功を祈らせてもらうよ」

学校を辞め、役者の道も断念する決心をしたことについては、まだ伊野木に話していなかった。

ちょうどいい、いま伝えてしまおう。そうも考えたが、隣席にいる高校生グループの騒ぎ声がやかましく、重要な話を切り出せる雰囲気ではなかった。

代わりにおれは、

「こっちからも演技のアドバイスを一つプレゼントしよう」

そう言って、テーブルにセットしてある割り箸に手を伸ばし、割らないままそれを二本、伊野木に渡してやった。

「これを、両方の奥歯で軽く噛《か》んでもらえるかな。手に持つ方が、幅が広くなっているだろ。そっちの部分を、寝かせず縦に起こした状態で噛むんだ」

伊野木は言われたとおりにした。

「そうしたら、息を少しだけ吸って『アー』と声を出してみてくれ。それがきみの地声だ」

伊野木の出した声には力がなかった。肺活量が少なく声量が乏《とぼ》しい。共鳴のさせ方にも難がある。声の顔が俯いてしまっている。そんなふうにも表現できるかもしれない。

「きみは地声が弱いから、もっと喉《のど》の使い方を工夫しなくちゃ駄目だと思う。パワースピーチの練習を集中的にやってみたらどうだろうな」

パワースピーチというのは、感情を剝《む》き出しにして全力で言葉を口にする話し方をいう。例えば自分の好きなものについて強い口調で語りかけ、聴き手にもその対象をむりやり好きになってもらおうとする。そうした、かなり強引な説得法のことだ。これは演技の勉強として取り入れられることも多い。

「……そうだね」

「割り箸を使う発声練習法は、今度、南雲先生も授業でやると言っていた。その授業は絶対に受けておいた方がいいぞ。効果はすぐに表われると思う。二、三分もやっていると、上を向いて他人に話しかける声になっていくから」

「ありがたいけれど」伊野木はバッグの中に手を入れた。「ぼくはもう、演技の練習をすることはないと思う」

どういうことだ、と目で訊《たず》ねた。

「ぼくもオーディションには落ちっぱなしで、これ以上やっても芽が出そうにない。妻の病気も完治したわけじゃないし。だから、このあたりでもう実家に戻った方がいいかと思ったんだ」

そこから取り出したのは、伊野木の名前がすでに記入された退校願いの用紙だった。

6

　三日後、南雲が担当する発声の授業に向かう廊下で、おれは南雲の背中を見つけ、小走りに駆け寄った。

「嬉しいよ」

　背後の足音だけで、近づいてくるのが誰なのか分かったらしい。南雲は振り返ることもなく口を開いた。

「わたしはきみの熱意を買っているからね」

　翻意して学校に残ることにしました。そう南雲に伝えたのは昨日だった。

「ところで、まだ訊いていなかったな」

「何をですか」

「どうしてきみの気が変わったのか、を」

「おそらく伊野木のせいですよ。彼は、わたしにすごく感謝していましたから」

　折崎が続けるなら、ぼくは辞めてもいい――そんな伊野木の声ならぬ声を、おれは勝手に聞いていたのだと思う。そして、伊野木が本当に辞めることになったから、おれは続けることにした。

そういうことではないだろうか。つまり、いつか南雲が口にした「片腕を怪我した父親」の話と同じ理屈が働いたのではないか、と自分では思っている。

そもそも、一人減ればそれだけ別の一人にチャンスが回ってくる。それが役者の世界だから、伊野木の行動を無駄にしないためにも、自分は続けるべきなのだろう。

「そう言えば、伊野木は退校するようです」

「その方が」南雲は残念そうに目を伏せた。「いいかもしれない。彼の将来のためにも」

「先生は以前、演技者にとって一番大事なことは人間を観察すること、とおっしゃった。そうでしたね」

「よく覚えていてくれたな」

「もしかしたら、先生は伊野木に演技をさせていたんじゃないんですか」

「ほう」

睨《にら》むような視線を南雲は向けてきた。

「どうしてそう思う?」

「わたしなりの人間観察をしてきた結果ですが、家族に難聴の人がいる場合、声は大きくなるのが普通なんです」

だが伊野木の声は小さいままだった。

ある人物を演じるコツの一つは、家族の設定も作り込んでおくこと。そんな南雲の教えに従って、妻を難聴としてみたのはいいが、それが裏目に出たわけだ。

そう、南雲は伊野木に、演技の勉強とでも称して、「病気の妻を抱えている男」の役をやらせていたのだろう。

偶然ではなく故意でも、「片腕を怪我した父親」の理屈は作用する。だとしたら、故意の代わりに〝演技〟でも同じではないか。そのように踏んで。

おれが向けた視線を、南雲は薄い笑いで軽くいなし、一足先に教室の中へ入っていった。

何はともあれ、おれが南雲から、この学校で勉強を続けるように仕組まれたことに変わりはないようだ。つまり才能を認められたということになるのだろう。だから嬉しくないと言えば嘘になる。だが、利用された伊野木のことを思えば、素直に喜ぶ気にはなれなかった。

教室に椅子や机はない。二十人ほどの学生が半円状の車座になり、床に腰を下ろすスタイルで、南雲の授業が始まった。

「皆の中には、残念ながら、どうも地声がしっかり出せていない者がいる。そういう人にもってこいの練習法を紹介してみよう」

南雲が、割っていない新しい割り箸を人数分だけ配っている最中に、遅れてきた学生が一人、ちょうどおれの真後ろに座る気配があった。

南雲は、先日おれがファストフード店で伊野木に対してしたように、一人につき二セットの割り箸を学生たちに咥《くわ》えさせた。

「そうしたら、カ、タ、ナの三語を三回続けて口にしてみようか。カーカーカー、ターターター、ナーナーナーだ。これをそれぞれ一分間発声する。それが終わったら、今度は頭に『ラ』をつけてみる。ラカラカラカ、ラタラタラタ、ラナラナラナ。これはそれぞれ二分間やってみること」

言われたとおりにしているうちに、すぐ背後にいる学生の地声が耳に届いてきた。顔が下を向いてしまっている。そんな感じの声だった。

聞き覚えのあるその声に接したとき、おれは初めて自分の迂闊《うかつ》さに気がついた。

なぜこれほど簡単なことに思い至らなかったのだろう。

南雲の狙いは、本当におれだけだったのか。彼は、もう一人別の学生にも、無言で語りかけていたのではなかったか。役者の道をまだ捨てるな、と。

どうやって？　おれに仕掛けたような面倒くさい理屈など一切排した、至ってシンプルな方法で。

つまり、おれを翻意《ほんい》させることで自信を持たせたわけだ。自分には人の心を変えるだけの演技力があるのだ、と。

背後から聞こえる俯きがちな声の持ち主は、しかしやがて二、三分もするうちに、少しずつだが、その顔を上に向け始めていった。

7

南雲が重篤《じゅうとく》な状態に陥った。
そのニュースをおれが知ったのは、それから間もなくのことだった。

一拍遅れのプロローグ

1

疲れ過ぎていたせいか、この日の夜は、どうにも寝つけなかった。何度もうとうとしかけたのだが、いざ眠りに入ろうとするたびに、途中で目が開いてしまうのだ。

そんなふうに苛々《いらいら》しながら布団の上で輾転反側《てんてんはんそく》しているときだった。

ふと左足に異変を覚えた。踝《くるぶし》に誰かの手が触ったような気がしたのだ。

毛布を捲《まく》り上げて足元を覗《のぞ》いてみようかと思いつつ、わたしは躊躇《ちゅうちょ》した。そこに物《もの》の怪《け》が潜《ひそ》んでいるような気がして、恐怖を覚えたからだ。

大きめの、ざらついた手を持つ何者か。

そいつの湿った太い親指が、踝の内側にぺたりと当たっている。そして、外側の部分にも、残り四本の指の腹がしっかりと添えられている……。

そんなふうに嫌な想像をしてしまったのは、いま出演している作品が、幽霊の登場するホラーものだったせいかもしれない。

――冗談じゃない。

役者を生業《なりわい》とする者の性《さが》で、こういうときはイマジネーションがおかしな方向にどんどん働き、あるはずのないものを見てしまうことがある。

深呼吸をしながら闇の中に目をこらした。

暗い天井を見上げているうちに呼吸が静まってきたが、怯《おび》えが完全に去ったかというと、実はそうでもなかった。

思い切って毛布を捲った。

ゆっくりと首を起こし、視線を足元に向ける。

何も異変はなかった。わたしの足があり、そしてその先に寝室の壁があるだけだ。足元で屈《かが》みこんでいる物の怪など、いるはずもなかった。

わたしは目を閉じると、瞼《まぶた》の筋肉に力を込め、じっと朝を待つことにした。

目覚まし時計のアラームは、いつものように午前七時にセットしておいた。

少しは眠れたようだが、爽快《そうかい》とはほど遠い状態だった。

体が重い。地球の引力が普段の倍ほどに強くなったような気がする。四十代までは無理がきいたが、知命《ちめい》の声を聞いたあたりから、さすがに体力の低下を自覚するようになってしまった。現在五十五歳。この歳では、熟睡できなかった日に満足のいく仕事をこなすのは難しい。

スタジオに出掛ける前、わたしは家の横に設けてある駐輪場へ向かった。

自転車にはチェーンロックが掛けてあったが、もう何年も乗っていなかったので、開錠するための番号などすっかり忘れてしまっていた。

もっとも、こういうものは、誕生日と同じにしている人が多い。そう思って、0323にセットしてみたら、案の定、カチッと音がし、U字型の金属が上に持ち上がった。

外したチェーンをその場に放り捨て、サドルに腰を乗せる。そうしてから初めて、足元が靴ではなくサンダルであることに気がついた。

かまわず、ペダルを漕《こ》ぐことにする。

直後、体が急に重たくなった。

上体がぐらりとよろけたと思った次の瞬間には、地面に体の左側を思いっきり強く打ちつけていた。

「大丈夫ですか、南雲《なぐも》さん」

物音を聞きつけたらしく、同居しているマネージャーの友寄栄支《ともよりえいじ》が、声を上げながらこっちに走ってきた。わたしと同じく現在五十五歳。十年ほど前、他人を庇《かば》うかたちで自動車事故に遭《あ》っているため、やや左足を引き摺《ず》る走り方になる。それはいつものことだった。

「いったいどこに行くつもりだったんです？」

「別にどこへというわけでもないさ。ちょっとその辺までだよ。よく眠れなかったから、今日はうまく体が動くかどうか怪しい」

そこで、軽くペダルを漕いで体を温めようと思ったのだ。

友寄が姿勢を低くし、肩を貸してきた。

彼は監督を志望してこの業界に入ってきた。外見について言えば、お世辞にも魅力があるとは言えない男だ。大根のような手足。起伏《きふく》のない、だらしなく太いだけの胴体。めくれあがった口が始終すこし開いている。そのせいか、いつも唇が乾燥し、白くささくれ立っていた。

ときどき、人間が立っているのではなく、縦にしたビヤ樽《だる》がそこに置いてあるように錯覚してしまう。要するに、木偶《でく》の坊《ぼう》という言葉を体現したような存在なのだ。

ただし刑事役を演じることの多いわたしにとって、前歴が警察官、しかも本職の刑事だった友寄は、非常に得難いパートナーと言えた。しかも現役時代はかなりの敏腕だったというから、まさに人は見かけによらないものだ。

「心配をかけないでくださいよ」

「わたしに言いたいことはそれだけか」

「え?」

戸惑いの瞬《まばた》きを二、三度繰り返した友寄に、わたしはぐっと顔を近づけた。

「文句があるなら、もっと怒ったらどうだ」

演技の素人《しろうと》は、自分を解放させるということができない。それをするにはコツがある。相手役になる俳優と、「馬鹿野郎」などと罵詈雑言《ばりぞうごん》をぶつけ合わせることだ。

これがなかなか難しいのだが、できると気持ちが吹っ切れ、演技をするうえで、その人の良い面も悪い面も出せるようになる。演技の指導者は、たいていこの手を用いる。

友寄には何度も教えていることだが、それでもこのマネージャーは遠慮深く、わたしに感情をぶつけてこない。

「とにかく、無断で出掛けるのは、これからやめてください」

「分かったよ」

「……病院に行かれた方が、よくはないですか」

「いや、ただ疲れているだけだと思う。いま言ったことは聞き流してくれ」

2

友寄の運転する車に乗り、午前十時にはスタジオに入った。

出演中のホラー映画でメガホンを取っていたのは、古い付き合いのベテラン監督だった。撮影の合間に、その監督から、

「南雲ちゃん、怪我《けが》でもしたのか」

と声をかけられた。

「別にそんなことはないけど。どうして？」

監督はわたしの左足に目をやりながら、

「いや、足を引き摺っているように見えたもんだからね」

そう指摘され、わたしは戸惑った。左足に昨晩覚えた違和感は、一晩明けても残っていて、いまだに軽く痺《しび》れてはいた。だが、歩く分にはさして支障はないと思っていたからだ。

今日の撮影では、ツルの部分が太い特殊な黒縁の眼鏡を着用した。

フレームとツルをつなぐ丁番の部分には小型のカメラが仕込まれていて、このレンズが捉《とら》えた映像はWi-Fiで監督が手にしたタブレット型コンピューターに送られる仕掛けになっていた。

カメラの反対側にはマイクが埋め込まれているから、音声を拾うこともできる。そして、この音声も映像と同じように、タブレットへリアルタイムで送られる、とのことだった。

また、耳にかけるモダンと呼ばれる部分にはワイヤレスの骨伝導スピーカーも搭載されているため、監督から音声で指示を受けることが可能だった。

つまり、俳優がこの眼鏡をかけていれば、監督の姿が見えない場所にいても、音声で指示を受けながら演技をすることが可能なのだ。言い換えれば、監督は俳優を文字通り〝操れる〟というわけだ。

わたしは眼鏡をかけたまま、スタジオから街に出た。そして監督の言葉に従いつつ、雑沓の中を歩き回った。

道行く大勢の人々、建ち並ぶビル、靴音や歩行者用の信号が奏でるメロディ。わたしが街中で見て聞いた映像と音声が、そのままタブレット型コンピューターに記録されていく。

その映像を、作中で使おうという計画だった。つまり言ってみれば、これは俳優自身がカメラマンと録音技師を兼務してのゲリラ撮影なのだ。

痺れは、ゲリラ撮影の終わった夕方から酷《ひど》くなってきた。

昨晩は、透明な手に摑《つか》まれているような、不気味な感覚で済んでいた。

だが、いま感じているのは、はっきりとした麻痺《まひ》だった。

監督に事情を話し、その日の夜に予定していたシーンの撮影は、後日に延期してもらうことにした。

そのころには、わたしははっきりと予感を覚えていた。これは重病に違いないという予感を。

家に帰ると、手帳を取り出した。

「ありがとう」

「世話になったね」

「あなたの恩は忘れない」

短いフレーズを頭に浮かんだまま書き連ねていく。一種の遺言状だ。一通りペンを走らせたあと、冒頭に戻り、そこに宛名を書いた。

「友寄栄支さま」

二十五歳で俳優になり、初仕事として車のCMに出演した。あれからはや三十年。業界で世話になった人はたくさんいる。だが十五年前から連れ添っているマネージャーほど深く感謝している相手はいなかった。

俳優業の傍《かたわ》ら、アクターズスクールでの講師を務めていられるのも彼のおかげだ。研究生たちの前ではさも自分が編み出した方法であるかのように語っている幾《いく》つかの指導法も、実のところは友寄が授けてくれたアイデアに基づいている。

手帳を閉じても、まだ眠気は訪れなかった。

3

よく眠れないままに朝を迎え、昨日と同じ時刻にスタジオへ入った。しかし、どうにも頭痛がひどかったため、さすがに病院へ行かなければと判断した。

健康保険証は自宅に置いてあるが、取りに帰っている余裕はないと思った。

友寄は他用があり、車に乗ったままスタジオを離れていた。こうなるとタクシーを使うしかない。

スタジオに呼ぶより、近くの乗り場まで歩いて行った方が早い。

わたしは、一応は名のある役者だから、素顔を晒《さら》して歩くことには抵抗があった。撮影所から一歩外に出たら、頭髪はモナコハンチングで、目元は薄いサングラスで隠している。こうして俯《うつむ》きながら歩いていると、こちらの正体に気づく人はほとんどいない。

左足の感覚をついに失ったのは、撮影所を出て十メートルばかり歩いたときだった。

突然、あるべき地面がそこにないかのような錯覚に陥り、たまらずアスファルトの上に転んでしまった。

わたしはズボンの上から左足首のあたりへ手を添えてみた。何も感覚がない。他人の足を触っているようだ。額《ひたい》に脂汗《あぶらあせ》が噴き出てくるのを感じた。

そばにあった電柱に手をつき、右足だけで立ち上がった。

そっと左足を地面につけてみる。やはり感覚がない。靴を履《は》いているのかいないのかはっきりしなかった。

体験したことがない症状だ。神経が死んでしまったとしか思えない。

どうにか乗り場までたどりつくと、運よく次のタクシーがすぐに滑《すべ》り込んできた。

右足だけでジャンプするようにして後部座席に乗り込み、市立病院へ行くように頼んだ。病院は歩いても五分ほどの近距離にあったが、片足が使えない様子を見ている運転手は、何も不平を言わなかった。

それはありがたかったものの、バックミラーを介して、ちらちらとわたしの顔に視線を送り続けてきたのは迷惑だった。

病院に入ってから初めて、どの科を受診すればよいのか、見当がつかないことに気がついた。総合案内の窓口に行き、受付の女性に、頭痛に加え突然片足の感覚がなくなったことを説明したところ、脳神経外科に行くように言われた。

松葉杖を借りて、エレベーターで三階に上がった。

問診票を提出し、脳神経外科の待合室の椅子に座っているあいだ、不安でしょうがなかった。

ほどなくして看護師に名前を呼ばれた。普段使っているのは芸名で、本名は別だ。いま呼ばれた名前は本名だから、待合室にいる人は、誰も顔を上げなかった。

診察室では、さすがに帽子とサングラスを着けたままというわけにはいかない。素顔を晒すと、案の定、まだ三十代と見える若い医者は「あっ、この顔を知っている」という表情をした。

「俳優さんですよね。ときどきテレビでお見かけしています」

「それはどうも」と頭を下げた。

「ついうっかり芸名の方でお名前を呼んでしまうことがあるかもしれませんが、そのときはご了承ください」

　そんなことはどうでもいいから、早く診察をしてほしかった。

「左足が痺れて、感覚がないんです」

　そのように症状を医者に伝えると、彼はわたしに、靴下を脱ぎズボンの裾《すそ》を捲るように指示してきた。

「怪我をしたわけではないんですね」

「ええ」

　裾を捲るのをわずかに躊躇したのは、踝を摑んでいる物の怪がいきなり目の前に現れたような気がしたからだ。さらに、そいつの大きな手が足首から離れ、わたしの首に摑みかかってくる情景まで想像された。

　ホラーものに出るのは当分やめよう。そう思いながら裾を捲った。

　医者の隣に控《ひか》えていた女性看護師がわたしの足を軽く消毒し始めた。この看護師も芸能人に興味があるらしく、こちらの顔にしきりと視線を送ってよこす。

　消毒が終わった左足を医者が触診《しょくしん》したが、自分の足が他人の手で触れられている感覚はない。

「原因は何でしょうか?」

　そう訊《たず》ねるわたしの声は、発声訓練を積んだ役者の声とは思えないほどか細かった。

「ひどく頭痛も感じていらっしゃるんですよね。すると脳かもしれません。四肢《しし》感覚喪失の場合、外傷がなければ、原因は脳にあると考えるのが一般的なんです」

最初の印象ではどこか頼りない感じのする医者だったが、いざ診察を始めてみると、彼の喋り方はずいぶんとしっかりしていた。

「そうなると、精密な脳検査をしてみなければ、何とも言えませんね。万が一、血《けっ》栓《せん》や腫瘍《しゅよう》があったとしたら脳梗塞とも考えられますし」

脳梗塞……。たとえ生還したとしても、後遺症で四肢に麻痺が残れば俳優生命は終わりだ。

手足の動きが正常でも、生活全般に関する様々な記憶が消し飛んでしまう場合もあると聞く。

このとき、最近よく見る悪夢——つまりわたしがわたし自身に憑《と》りついている幻影の意味が、ふと理解できたような気がした。たぶん、わたし自身の体がこう言っているのだ。

そろそろ体も心も返してくれ。いい加減に役者など辞めて自分に戻れ、と。

「とにかく、いますぐにMRI検査を行なった方がいいでしょう」

断層撮影か。巨大なドーナツ型の機器に、寝そべった状態で頭から入っていくやつだ。一度、ドラマの撮影で間近に見たことがある。もっとも、そのときわたしの役は患者ではなく医者の方だったが。

「検査室は同じ階にあります」医師がクリアファイルに入れた書類を手渡してきた。「部屋の前に小窓がありますから、このファイルをそこへ出して、名前が呼ばれるまで廊下で待っていてください」

「分かりました」

わたしは立ち上がった。

直後、目の前が暗転した。何の予告もなしに、突然スクリーンに映っていたものすべてがフェードアウトしてしまったかのようだった。

第二章　殺陣《たて》の向こう側

1

久積亮三《くずみりょうぞう》は楽屋の床に腰を下ろし、背中も倒して仰向《あおむ》けに寝そべった。

こうしていると、半世紀前、役者として大部屋に入ったときのことが思い出される。

大部屋の俳優は、だいたい死体からスタートする。

主役に斬られたあと、オープンセットの陽光に焼かれた熱い土の上で一個の骸《むくろ》になりながら、久積はいつも、首を傾けては薄目を開けていた。

スターが演じる斬り役のアクションはもちろん、同じ部屋にいる先輩たちがどういう動きで人間の死に様を表現しているのか、きな粉で作った埃《ほこり》が目に入るのもかまわず、必死になって吸収しようとしたものだ。

結局、俳優としては芽が出なかったが、この業界に何とかしがみついて、気がつけば殺陣師としてそれなりの名声を勝ち得ていた。そんないまだからこそ、当時の記憶には、苦さよりも照れくさい思いが色濃くつきまとっている。

体を起こし、初心に返るための儀式を終えると、久積は楽屋を出た。

撮影所内の第五スタジオには、テレビ時代劇『甲賀同心《こうがどうしん》騒動記』に出演する俳優たちが集まっていた。俗に「絡み」といわれる斬られ役専門の大部屋俳優たちが、斬り役である主演の南雲草介《なぐもそうすけ》を中心にして、アクションシーンの練習に励《はげ》んでいる。

彼はもう、大病から完全に回復したのだろうか。

南雲が病院で倒れたのは二か月前だ。つい先週まで入院していたらしい。つまりその間、仕事は休業していたわけだ。噂では脳梗塞と聞いたから、かなり心配していたが、こうして見たところ、どこにも異常はなさそうだ。

隅の暗がりに立ったまま彼らの稽古《けいこ》ぶりを観察していると、やがてこちらに気づいた南雲が、若い絡みたちに待ったをかけ、会釈《えしゃく》をよこしてきた。

絡みたちも慌てて南雲の背後に整列する。

挨拶《あいさつ》はいい。そう仕草で示してやり、同心の衣装をつけた南雲に、久積は一歩近づいた。

「すまないけれど、南雲くん、立ち回りをやめて、その場に立っていてくれないかな。棒立ちになったまま、刀だけを適当に振り回していてほしい。言葉は悪いが、きみにはしばらく、ただの木偶《でく》の坊《ぼう》になってほしいんだ」

「分かりました」

南雲は立ち位置を決めたあと、竹光《たけみつ》を8の字に無造作な様子で動かし始めた。

若い斬られ役たちを一箇所に集め、久積は南雲を手で指し示しつつ言った。

「あの同心が剣の達人に見えるか。お世辞《せじ》でもそうは見えないだろう」

頷《うなず》いた絡みたちの顔を、久積は一人ひとりゆっくりと見渡した。

「いいか。あのままでも達人に見えるようにするのが、おまえたちの仕事なんだ」

殺陣の出来不出来を左右するのは、斬る側ではなく斬られる側の腕だ。チャンバラシーンにおける本当の主役は斬られ役なのだ。

「よし。やってみろ」

若手たちに向かって一つ手を叩いたあと、

「きれいに動けよ」

無意識のうちに、そう呟いていた。長年にわたって何度も口にしてきた言葉だ。一種の条件反射といったらいいか、もう癖《くせ》になっていて、現場にくると、何かの拍子に、ぽろりと言ってしまう。

「はいっ」

ごく小さな声で発したいまのひとことを聞き逃さなかったらしい。若手たちが一斉に声をそろえて返事をした。

久積は椅子に座って、南雲に斬りかかる絡みたちの動きに目を向けた。

殺陣はあくまでも「殺陣」であって「殺人」とは異なる。チャンバラとは、人が殺される場面を見せるものではない。人間の動きというものが、どれほど目に心地よいか。それを伝えるのが斬り合いのシーンなのだ。アクションの美で観客に感動を与える。その境地にまで踏み込まなければならない。殺陣師はそのためにいる。

一人の俳優が殺陣に向いているのか向いていないのか。それを見極めるのに、剣《けん》捌《さば》きは二の次だ。まずは腰と足の動きに注意する。

若手たちの動きはまずまずだったが、一人だけ気になる者がいた。

伊野木《いのき》亘《わたる》だ。

久積は週に一度、スタジオの隅に若い俳優を集め、自主的に殺陣の指導をしている。伊野木はそこへ欠かさず通ってくる役者だった。最近までは『二十一世紀アクターズスクール』に籍を置く研究生だったようだ。

身長は百六十センチと少しぐらいか。全体の均整はとれているが、上背《うわぜい》が物足りないし、殺陣師から見れば筋肉のつき方が全体的に薄い。おそらく、中学高校で何のスポーツもやってこなかったのだろう。

そんな伊野木の動きは、極端に言えば軟体《なんたい》動物のようで、時代劇に必要な「剛」の一文字が決定的に欠けている。

セットの隅に小道具の槍《やり》が何本か立てかけてあった。久積は伊野木をそばに呼び、その槍の前まで歩いていった。

穂先の形が真《ま》っ直《す》ぐではなく、両側に鎌状の刃が飛び出た、いわゆる十文字鎌槍だ。

「『突けば槍、打てば鳶口《とびぐち》、引けば鎌、何につけても逃れざらまじ』――知っているか、この歌を」

十文字鎌槍の機能を説明した言葉だ。

「いいえ、初耳です。申し訳ありません」

「まあいい。これを持ってみろ」

槍の一本に顎《あご》をしゃくってやると、伊野木がそれを手にした。

石突き、つまり柄《つか》の尻の部分を床につけるよう命じ、直立不動の姿勢を取らせてから、伊野木の顔を見据《みす》えた。

頬《ほほ》がしゅっとしている。狼《おおかみ》のように精悍《せいかん》、というわけではない。鼠《ねずみ》のように痩《や》せこけているのだ。鎖骨も以前より浮き出ているように思えた。

「おまえ、ちゃんと食っているのか」

「……はい」

「ならば教えてくれ。昨日の晩飯は何だった」

伊野木の答えを待ったが、返事はなかった。どうせろくなものを腹に入れていないのだろう。大部屋俳優は、この職業だけではまず食ってはいけない。実家が裕福で十分な仕送りをしてもらえる者以外は、役者業の傍《かたわ》らアルバイトに精《せい》を出さざるをえないのだ。

伊野木も、アクターズスクールに通っていたころは、ボルサリーノふうの帽子などを被《かぶ》って洒落《しゃれ》込んでいたが、もうすっかりそんな余裕をなくしてしまっている。いまはピラミッドの底辺から這《は》い上がろうと必死の状態に違いない。演技や発声のレッスンを疎《おろそ》かにしたくないから、アルバイトに時間を取られるのを嫌っているのだろう。こうなると、どうしても生活を切り詰めざるをえなくなるものだ。

「答えないなら、口を開けてみろ。おれがおまえの胃袋を覗《のぞ》き込んでやる」

その言葉を単なる冗談と受け取ったらしく、伊野木は上下の唇をきつく閉じたままでいた。

「聞こえなかったのか」

語気を強めてやると、ようやく伊野木が口を開けた。

「もういい。──突いてみろ」

伊野木が構えに入る。穂先を下ろし、水平より少し上に向けた位置でぴたりと止めた。

その穂先を前触れもなく竹光で叩いてやったところ、伊野木は驚きの瞬きを繰り返した。

「どうして叩かれたか分かるか」

「……いいえ」

「この槍は本物か、作り物か。どっちだ」

「作り物です」

もう一度、久積は竹光を振るった。今度の標的は伊野木の頭だった。

伊野木は蒼《あお》ざめた顔で両目を寄せ、寸止めにした刀身を見上げた。

「違う。本物なんだ。役者なら、これを本物だと信じ込まなければならない。おれの言うことは間違っているか」

「いいえ。正しいと思います」

「よし。本物の槍なら重さはどうだ。重いか、軽いか」

「重いです」

「そうだ。ましてこれは鎌つきの槍だ。枝刃のない直槍《すやり》よりもっとウエイトがある」

　久積も自分で十文字鎌槍を一本手にした。

「だから——」

　先ほど伊野木がしたように、天井に向けていた穂先を前方に向け、ぴたりと静止させた。同時に、ぴきっと肩に痛みが走る。歳のせいか筋を違えたようだ。

「こんなふうに構えることは、できるはずがないわけだ」肩の痛みを悟られないよう、顔を伊野木の方ではなく前に向けたままにした。「おれの言いたいことが分かったか」

「分かりました」

「だったらもう一度やってみろ」

　伊野木はふたたび槍を構えてみせた。今度は細かいアクションを付け加えるのを忘れなかった。彼の持った槍の穂先は、静止する前、重さに引き摺られ、わずかに下へ沈み込んだ。

「それでいい。忘れるなよ」

　一礼して伊野木が仲間たちの方へ戻っていくと、入れ替わるように南雲が寄ってきた。彼はいつの間にか、ツルの太い黒縁の眼鏡をかけていた。本番ではもちろん外すが、カメラが止まっているときは別だ。そばに控《ひか》えているマネージャーの友寄《ともより》が、左足を引き摺りながら彼に近寄ってきては、小まめにこの眼鏡をかけさせている。入院以前にはそんなことはなかったはずだ。脳梗塞の影響で視力が落ちたのだろうか。

「いま、伊野木に口を開けさせていましたね」

「ああ」

「盗み聞きをするつもりはありませんでしたが、『胃袋を覗き込んでやる』とおっしゃったのが耳に届きました。ですが先生は、本当のところ、彼の歯を調べていたんじゃありませんか」

勘のいい奴だな——南雲と初めて会ったときからそう思っていたが、年齢を重ねてもその点には少しの鈍りもないようだ。

先ほど伊野木の歯を覗いてみたところ、以前は銀を被せていた奥歯を、彼はわざわざ白い歯に替えていた。時代劇の役者が銀歯ではおかしい。そう考え、自費で治したに違いない。

心意気は買うが、さすがにやり過ぎではないのか。斬られ役なのだ。顔がアップになることはないのだから、まして口の中など画面に映るはずもない。加えて伊野木は、どうも悪役には向かないマスクをしている。監督からはいつも「おまえは背中で死ね」——つまり「カメラに顔を見せるな」と言われているぐらいだ。

にもかかわらず、安くはない治療費をどこかの歯科医院に払ったのは、もちろん役になりきるためだろう。

「久積先生、彼にはあまりきつく当たらないでもらえませんか」

予想していなかった言葉だ。演技に妥協しない南雲なら、若い役者をもっとしごいてくれ、と求めてきそうなものだが。

久積は南雲の目を見やったが、それだけではこの男の真意が分からなかった。

「きみにしては、意外なことを言うね」

「伊野木はいま、つらい時期を迎えているんです。——彼の父親を知っていますか」

「ああ」

鉄工所を経営し、十人ほどの従業員を抱えているらしい。不況でも腕がいいため仕事は順調だと聞いていた。

息子が俳優の道を歩むことには猛反対していたが、結局、経済的には一銭も援助しないという条件で折れた、とも。

「その親父さんが以前から重い病気に罹《かか》っていたんですが、最近、いよいよ危ないらしいんです」

2

最初が直球、次も直球。二球とも内角ぎりぎりでストライクゾーンに入ってい
た。このピッチャーだったら、三球目はカーブで外してくるだろう。
バッターはといえば、最初からじっと変化球を狙っているようだ。ならば、次の
ボールもストレートだろうか。
久積はテレビ画面に目をやったまま、缶ビールを呷《あお》った。
三日前に筋を違えた肩が、まだ少し痛んでいる。
勘は半分当たって、半分外れた。予想通り、ピッチャーが投げたのは直球だっ
た。しかし、バッターはそれを狙っていた。
誰の目にも、打った瞬間にホームランだと分かる当たりだった。先頭打者の一
発。午後六時半にスタートしたばかりの試合は、二分と経たないうちに動き出し
た。
ゆっくりとダイヤモンドを一周したバッターが、自軍のベンチへと戻っていく。
――あのボールを真剣で斬れるだろうか。
テレビでプロ野球のナイターを見ているときは、たいていそんなことばかり考え

ている。一種の職業病というやつだ。

そのうちナイター中継の画面がCMに切り替わった。久積は台所の壁に掛けてある時計に目を向けた。いつの間にか午後七時を過ぎている。

独り暮らしをしている友人を訪ねていった妻、晴子《はるこ》の帰りが遅い。すぐに戻ると言っていたのだが……。

携帯に何か連絡が来ているかもしれない。そう思ってテーブルから立ち上がったときだった。固定電話がけたたましく鳴り始めた。

何かあったなと直感しつつ、受話器を取る。

《椿《つばき》警察署です。久積亮三さんですか》

最初に考えたのは、春子が車にはねられたという事態だった。だが、警察官の口調にはそれほど緊迫した様子はない。

《実は、奥さんがひったくりの被害に遭《あ》われまして》

もちろん驚きはしたが、それほど取り乱すことはなかった。

《いまはこちらの署にいらっしゃいます。幸い、怪我《けが》はありませんでした。もっとも、犯人はまだ逃走中ですが》

「そうですか。ご連絡をありがとうございました。すぐにそちらへ伺います」

――車は使えんな。

久積は受話器を置くと、テーブル上の空になりかけたビール缶を見やり、小さく舌打ちをした。椿署まで晴子を迎えにいく足をどうしたらいいか考えながら、スエットパンツを脱いでズボンに穿《は》き替える。

結局、自転車で行くことにした。酒気帯びでの運転は自転車でも当然違反になるが、人通りの少ない道を選べば、誰にも迷惑はかからないだろう。徒歩では、どうしたってもどかしくてしかたがない。

――何を盗《と》られても、おまえさえ無事ならいいよ。

ペダルを踏みながら、晴子にまずかけてやる言葉が早々に頭に浮かんでいた。その一方で、親戚には連絡すべきか、明日の仕事は休むべきか、ということまで考え始めていた。

椿署までの所要時間は十五分ほどだった。

駐輪場に自転車を置き、署の建物に向かう途中、駐車場に白い乗用車が一台駐まっているのが目に入った。この車に注意がいったのは、撮影所でもときどき見かける国産車に似ていたからだ。

ちらりと運転席を覗いたところ、案の定、そこに見知った顔の人物がいた。南雲のマネージャーをしている友寄だ。

一方の南雲はというと、後部座席にも助手席にも見当たらない。

友寄はいま、暇そうにタブレット型のコンピューターをいじっていた。簡単に挨拶しておこうか。一瞬そうは思ったものの、スタジオで顔を合わせても、ほとんど言葉を交わしたことのない相手だ。結局は気づかなかったふりを決め込み、建物へ向かって足を速めていた。

二階にある刑事課の部屋で、晴子は肩に厚手の毛布を掛けてもらっていた。それでも妻の肩は小さく震えている。

驚いたことに、室内にはもう一人、これもよく見知った顔があった。

「南雲くんじゃないか」

南雲は椅子から立ち上がって一礼をした。今日もツルの太い黒縁の眼鏡をかけている。

「駐車場にきみの車があったから、ここへ来ているらしいことは分かっていたが、まさかこの部屋にいたとはね。どうしてだ」

「事件を通報してくださったんですよ、南雲さんが」

本人に代わって質問に答えてくれたのは、三十代前半と見える署員だった。差し出してきた名刺には、刑事課の松井《まつい》とある。

どういう経緯で南雲が関わってきたのかは、おいおい判明するだろう。とりあえず久積は、予《あらかじ》め考えてあった言葉をそのとおり晴子にかけてから、背中をさすってやった。

「奥さんが遭われてしまった被害についてご説明しますが、口で言うより、こっちの方が早いと思います」

松井はキャスターつきのスチールラックを引っ張ってきた。ラックの上には小さな液晶モニターとDVDの再生装置らしきものが載っている。

「お手数ですが、これを見てもらえませんか。屋外に設置されている監視カメラの映像です」

松井は、こちらの返事を待たずに再生ボタンを押した。

映し出された映像は、街灯に照らされた歩道だった。画質はお世辞にもいいとは言えないが、この場所がどこなのかについては、すぐに見当がついた。名画座が何軒か立ち並ぶ『キネマ小路』と名のついている通りだ。

歩道の端を、手提《てさ》げバッグを右手に持った晴子らしき人影が歩いている。

ほどなくして、彼女の背後から自転車に乗った黒ずくめの人物が近づいてきた。体形からして明らかに男だ。しかし野球帽を被り、白いマスクで目から下を覆《おお》っているせいで人相はまるで分からない。

その男が腕を伸ばし、晴子が持っていた手提げバッグをひったくろうとする。

だが、晴子も両足を踏ん張るようにして抵抗したため、男はバランスを崩し、地面に片足をついた。

やみくもに前に伸ばした晴子の左手が、男の顔に当たった。上から下へと掻きむしるように動き、マスクを剝《は》ぎ取る。

「でも、ごめんなさい。顔はよく見てないの」

晴子の言葉は、松井に向けられたもののようだった。

結局、男は晴子を突き飛ばし、手提げバッグを奪って逃走した。マスクを取られて以後、男は始終カメラに背を向けていたため、映像にも素顔は捉えられていなかった。

「安心して。バッグの中身は手帳と財布だけだったから。財布に入っていたお札の数は、家に帰ってから教えるね」

晴子は、今度はこちらに顔を向け、気丈に笑ってみせた。

男の体形には何となく見覚えがある。そう感じながら、久積は机の上に視線をやった。そこにはチャックつきのビニール袋が一つ置いてあった。袋の中には白い物体が入っている。花粉防止用のマスクだ。これが、いま画面の中で晴子がひったくり犯からもぎ取ったものだろう。

「それに犯人の唾液《だえき》や産毛《うぶげ》が付着していると思われますので、これから詳しく調べてみます」

松井の言葉に「お願いします」と頭を下げ、久積はモニターに顔を戻した。

映像はまだ続いている。路上に尻餅をついた晴子は、すぐに立ち上がることができないでいた。歩道の縁石《えんせき》までにじりより、そこに腰を下ろして、胸に手を当てている。

道行く人が、彼女の方へ次々と視線を投げていく。だが誰しも、わざわざ声をかけるまでもないだろう、と自分で自分を納得させるように、足早に通り過ぎていった。

そんななか、一人だけ晴子の前で立ち止まった人物がいた。ビヤ樽のような体形をした男だった。先ほど駐車場で見かけた友寄だとすぐに知れた。

そして彼の横から、すらりと均整のとれたシルエットの人物——南雲も画面に入ってきた。

「今日の仕事は午前中だけでしたから」南雲が口を開いた。「わたしは午後から、マネージャーの友寄を連れて映画館に入り浸っていたんです」

三本立てが終わって、ちょうど名画座の一つから出てきたところだったという。

南雲も友寄も、晴子とは会ったことがないはずだ。それでも画面の中で、まず友寄の方が、迷うふうでもなく真っ直ぐ彼女のそばに行き声をかけ、上着のポケットから携帯電話を取り出した。

　そこで松井がリモコンの停止ボタンを押した。

「もう一つ、別の映像があります。そちらも見ていただきましょうか」

　松井がディスクを入れ替えた。次に映し出された場所も、どこなのかすぐに分かった。市役所の駐輪場だ。

　これまたかなり粒子の粗い映像だが、何が映っているかぐらいは理解できた。先ほどの犯人が、自転車で乗りつけた場面だった。

「この自転車は、現場付近にある工業高校から盗まれたものでした」

　松井が説明している最中に、犯人は駐輪場の端に自転車を停めると、前かごに入れていた晴子のバッグを両手で持ち上げ、小走りに画面から消えていった。

「犯人はマスクを剝ぎ取られていますから、犯行現場から市役所までのあいだに、やつの顔を見た人がいるかもしれません」

　市役所の駐輪場なら、『キネマ小路』の現場から、距離にして約一キロというところだろう。

「いや、きっといるはずです」松井は映像を消した。「すでに聞き込みを始めていますから、捕まるのは時間の問題でしょう」

3

目の奥に軽い疼痛《とうつう》のようなものを感じた。スタジオのライトは、寝不足の身にとって刺激が強すぎる。

ショックを引き摺って寝つけずにいる晴子を一人放っておくわけにもいかず、自分も東の空が明るくなるまで無理に起きていた。

二時間弱の睡眠時間では、さすがにこの歳になると応《こた》える。若いころから無理を重ねてきたからこそなおさらだ。

妻が犯罪の被害に遭ったことは周囲に伏せておいた。スタッフたちによけいな気遣いをさせたくない。

第五スタジオで撮影されている『甲賀同心騒動記』。その第十四回の脚本には、冒頭部分にも短い殺陣が用意されていた。悪党A、B、Cの三人が、南雲演じる同心、蕨源之助《わらびげんのすけ》に斬りかかるという場面だ。

今回の殺陣では、悪党AとBは背中で死ぬ——つまり、正面を向いている南雲に対して画面手前からフレームインし、すぐさま抜き胴で斬られ、顔を見せることなく、ばたりと倒れておしまいだ。

だが悪党Cは少し違う。背中を見せながらフレームインする点は同じだが、この人物に対して南雲は真っ向から斬る。だから画面手前に向かって倒れてくる。しかも、斬られたあと、顔が見えるぐらいにまで体を海老反《えびぞ》りにし、派手に倒れる段取りになっていた。

このようなシーンは、大部屋俳優にとって、顔を売るための数少ないチャンスの一つと言える。カメラのすぐ前に自分の顔を――上下がほぼ逆さまになった顔だが――持ってくることができるからだ。

このシーンには、高田《たかだ》、入江《いりえ》、伊野木の三人を抜擢した。三人が三人ともやりたがるに違いない悪党Cについては、入江に担当してもらうことにした。

高田はこの番組の第十三回で、長屋の住人として小さくだが顔が画面に映っている。偏執狂的に細部まで見ている視聴者もいるから、彼には、あと数回は背中で死んでもらうしかないだろう。

痩せ気味の伊野木は、しんがりを務めるだけの迫力に欠けているため元から失格だ。

「思いっきり映ってやれ」

久積は入江の肩を叩き、耳元で囁《ささや》いてやった。

悪役に見えない絡みには、絶対にカメラの前に顔を持ってこさせない。そういう監督もいる。だが第十四回のメガホンを取る深瀬《ふかせ》は、その点にはまったく無頓着だ。

南雲にも加わってもらい、通しのリハーサルをやってみることにした。

「悪党Aは高田、Bが伊野木だ。まずはおまえたちが、中段の構えで左右から南雲くんに斬りかかる。そうしたら、南雲くんは抜き胴で捌く。次は入江、おまえは上段で袈裟懸《けさが》けに斬りかかるんだ。いいな」

南雲がセットの中央に立ち、刀を構えた。彼はいまも黒縁の眼鏡をかけている。最近は本番のとき以外いつもそうだ。リハーサルでも激しいアクションをするときがあるのだから邪魔になりそうなものだが。

そんな南雲がいま見せているのは、正面よりもやや右に寄せて垂直に刀を立てる、いわゆる八双《はっそう》の構えだ。腰の落とし方、足の開き方の微妙な加減で、軽い竹光に真剣のどっしりとした重さを与えているあたりは流石《さすが》ベテランと言える。

二度リハーサルをし、二度とも上手くいった。もう本番に移っても大丈夫だろう。

ちょうど監督の深瀬もスタジオの中に入ってきたところだった。

いつでも撮影できる旨《むね》、深瀬に伝えに行こうとしたところ、

「待ってください」南雲が言った。「ちょっと違います」

「……違うって、何が」

「わたしのリズムと合わない、ということです。わたしとしては、受ける衝撃を徐々に重くしていきたいのです。高田くんと入江くんの太刀筋が、今日はどうも軽い」

久積は腕を組んだ。自分の目にはそうは映らなかったが……。かといって、南雲がいい加減なことを口にしたとも考えにくい。

「絡む順番は、最初に入江くん、二番目に高田くんではどうでしょうか」

「じゃあ、二バージョンでリハしてみるか」

このやりとりを横で聞いていた深瀬が少し面倒くさそうに言い、丸めた台本で頭を搔いた。

4

駆け足で第五スタジオに戻ってきた伊野木の鬘《かつら》は、もみ上げの部分が汗のせいで浮き上がっていた。

大部屋の役者はたいてい、複数の作品をかけもちしている。いつも撮影所内のスタジオを端から端まで走り回っていることもあって、そんな彼らの中には、スター俳優に負けず劣らず引き締まった顔つき、体つきをしている者も少なくなかった。

「ご苦労だったな」

暗がりからいきなり声をかけたせいか、立ち止まった際、伊野木は肩をびくつかせた。

「まだいらっしゃったんですか」

「ああ。くたびれているところ悪いが」久積は腕時計に目をやった。午後五時に近い時刻だ。「ちょっと稽古をしないか」

言うなり、準備しておいた竹光を伊野木に放った。「いくぞ」の合図も早々に斬りかかる。

山形に――横から見ると山の形になるように――正面から互いの竹光を交わらせ、鍔《つば》ぜり合いに移行しながら伊野木に顔を近づけた。

「どうしてさっき、カメラの方へ顔を向けなかった?」

まず、A高田、B伊野木、C入江。

次に、A入江、B高田、C伊野木。

二つのバージョンでリハーサルをした結果、深瀬は即答した。

「後のやつにしよう」

そして本番のテイクで、最後に斬られた伊野木は、カメラのすぐ近くで体こそ海老反りに近い姿勢で後ろに倒したものの、顔までカメラに向けることはしなかった。後頭部しか映らない状態で地面に倒れておしまいだったのだ。

「……緊張し過ぎたせいだと思います」

「ほう。おまえらしくないな」

しばらく押し合いをしてから、久積は伊野木を突き放した。彼の体勢が崩れたところを真っ向から袈裟懸けにすると、伊野木はなかなか見事な斬られ演技を披露した。

「悪くない。もう一度かかってこい」

伊野木は、中段の構えから突きを繰り出してきた。

その剣先を払いのけ、大上段から掛け声とともに、伊野木の頭頂部を目がけて斬り掛けた。気合を込めた斬撃《ざんげき》だった。

刀身は、額《ひたい》から一センチほどのところで寸止めにしたが、伊野木は体を凍りつかせていた。眉毛《まゆげ》の両端を下げ、白目の部分を剝《む》き出しにし、下顎をがっくりと落としている。

「……もう帰っていいぞ。すまん」

つい取り乱してしまったことを短く詫《わ》び、自分の方から相手に背を向けた。

スタジオを出ると、久積は南雲の姿を探した。

南雲はオープンセットにいた。まだ蕨源之助の衣装を着たまま、そして例の黒縁眼鏡をかけた姿で、寺子屋の建物内で横になっているところだった。

彼の枕元を見て、軽く鳥肌が立った。腐乱死体を描いた絵が散らばっていたからだ。

おそらく九相図《くそうず》というものだろう。屋外にうち捨てられた人間の死体が次第に腐敗し朽《く》ち果てていく一連の過程を、九段階に分けて描いた昔の絵だ。

こちらの気配を察したか、南雲がむっくりと起き上がった。

「何のつもりだね、妙な絵をばら撒《ま》いたりして」

「以前、刑事ドラマをやったとき、監修にあたっていた法医学の先生から聞いた話があるんです」

身元不明の腐乱死体が見つかった。生前の面影《おもかげ》を復元するべく、一人の警察官が似顔絵を描くことになった。その際、彼は、描くべき人相を強くイメージするために、腐乱死体の顔写真を何枚も枕元に置いたまま眠ったという。

そんな話を披露したあと、南雲は照れくさそうに首筋を掻いた。

「それを、ちょっと真似てみる気になりまして。——これから撮るのは、死体で見つかった男の人相を、蕨が描くシーンなんです」

そのような場合は、絵の巧《うま》い別人に描いてもらい、その手元だけを撮影したりするものだ。何でも自分でやりたがる南雲のような役者は、むしろ少数派と言えるだろう。

「ところで、何かわたしにご用ですか」

「ちょっと訊きたいことがあってな」

「先ほどの殺陣で、どうしてわたしが無理やり絡みの順番を変えたのか？　――ですよね」

頷いた。

Ａ高田、Ｂ伊野木、Ｃ入江。最初に自分がつけた殺陣の方が優れていることは明らかだった。しかし南雲は深瀬の前で、わざとその順番では演じにくそうにすることで、こちらの考えを排除し、強引に自分の案を通したのだ。

南雲は、手近に置いてあった紙と絵筆を手にした。リハーサルのつもりだろうか、誰かの人相をさらさらと描き始める。

カメラに向かって海老反りになって倒れる三人目。大部屋俳優にとっては、自分の顔がアップになるまたとないチャンスだ。

にもかかわらず、伊野木は顔を敢《あ》えて伏せていた。敢えて、だ。そう、わざとそうしたとしか思えない演技をしていた。

伊野木の父親は重い病気に苦しんでいる最中だという。ならばよけいに、画面に大きく映ることで、父を喜ばせてやりたいと思うはずではないか。

時代劇に銀歯はおかしいとして、わざわざ白い歯に替えることまでやった。にもかかわらず、顔出しのチャンスを生かそうとしなかった。

要するに伊野木は――現在の伊野木は、どうしても世間に顔を晒《さら》したくない状態にある、ということだ。

では、それはなぜなのか。

「南雲くんは、もうとっくに気づいていたんだな」

ひったくり事件の犯人は、おそらく伊野木だろう。

「ええ。ただし、何となく、という程度で、確信はありませんでした」

だから殺陣の順番を変更するよう求めてきたのだ。伊野木を最後にし、顔を映したがるかどうかを確かめるために。

南雲が筆を硯《すずり》に載せた。描き上がった人相書きも畳の上に静かに置く。

「なぜ気づいた」

「奥さんのバッグです。市役所の駐輪場で、犯人はそれを自転車のかごから取り出すとき、両手を使っていましたので」

言われてみれば、バッグの中身は財布と手帳だけだった。その程度の重量しかないものを、わざわざ二つの手で持ち上げる人間など滅多にいない。

いるとしたら俳優ぐらいだろう。軽いものをさも重いように見せかける演技に取り組んでいる俳優ぐらいだ――。

南雲が描いた人相書きを、久積は手にした。

描かれているのは伊野木の顔だった。

しゅっと尖《とが》った頬は、狼どころか鼠にも似ていない。その痩せた男の絵は、生きることに疲れてしまった人間の顔、としか表現のしようがないものだった。

第三章　汚れ役の歌

1

わたしは小物入れを開け、涙袋《なみだぶくろ》のピースを取り出した。ゼラチンにティッシュペーパーを混ぜ込んで自作した特殊メイク用の小道具だ。

それを自分の目の下に貼りつけ、肌色のドーランを塗る。

つけ頬も同じ要領で装着し、継ぎ目が分からないよう念入りにドーランを重ねていった。それに合わせて、リップカラーも厚めに塗り込む。

スパイラルカールの目立つヘアウィグを被《かぶ》ると、もう鏡の中にはほぼ別人の顔があった。

最後の仕上げは黒子《ほくろ》だが、さて、どこにつけたものか。

小さな黒い点を指先に載せたまましばらく迷い、結局、額《ひたい》の右側につけることにした。この位置に黒子がある人は金運が強い。そう占いの本に書いてあったのを思い出したからだ。今月はいよいよ生活が苦しくなってきている。預金通帳を確認する勇気はとうに失せていた。

　メイクの開始から三十分ほどして、顔の準備が整った。

　顔さえ出来上がれば、服などどうでもいい。たてつけの悪いクローゼットを開け、動きやすそうなニットをさっさと選んで袖《そで》を通した。下はカーキ色のカーゴパンツにする。

　壁の時計に目をやった。午後三時半。予定の時間より、ちょっと遅れている。少し焦りながら、トートバッグを引っ摑《つか》んだ。

　狭くて薄暗い玄関で、汚れの目立つキャンバスシューズに足を突っ込み、妹と一緒に住む安アパートを出て、わたしは繁華街に向かった。

　六階建てビルの一階と二階を占めている書店、『博啓堂《はっけいどう》』の自動ドアを通り、店内に入ると、少し息が苦しくなった。

　書店の空気を吸うたびに、いつも緊張してしまう。紙とインクの匂いが、真新しい教科書を思い出させるせいだろうか。クラス替えをした新学期の教室で、知らない同級生に囲まれながらドキドキしていた小中学校での嫌な記憶は、あれから何年経《た》っても心の澱《おり》になったままだ。

階段を使い、二階の文房具売り場へ向かった。

【防犯カメラ作動中。万引きを発見した場合、警察に連絡します】の張り紙を一瞥《いちべつ》してから、わたしは次々に棚へ手を伸ばしていった。

付箋《ふせん》、カードケース、修正ペン、ビニールテープ、メモ帳、キーホルダー……。

買い物かごを使わず、商品を手に持って店内を歩き回りつつ、防犯ミラーを利用して周囲の様子を窺《うかが》ってみる。

張り紙に書いてあるとおり、この店には、監視カメラがあちらこちらに設置されていた。だが、背の高い陳列《ちんれつ》棚のせいで死角だらけだ。しかもフロア面積のわりに店員の数が少ない。売れた商品が補充されずに、棚が虫食い状態になっている箇所も少なくなかった。

店内がこのありさまでは、万引きへの心理的な抵抗が自然と低くなるというものだ。

手にした商品を、いつトートバッグに放り込むか。そのタイミングを窺っているうち、便箋《びんせん》を並べた棚の前で、女子高生の三人組と鉢合《はちあ》わせをするかたちになった。

三人が三人とも、わたしと同じように、かごなしで商品を手に持っている。そして空いた手にはスマホを握《にぎ》り、肘《ひじ》で互いの体をつつきながら、わいわいと喋り合っていた。

彼女たちの横を通り過ぎた直後、わたしは手にしていた商品をまとめてトートバッグに放り込んだ。

俯《うつむ》いたままその場所を離れ、別の棚の前に移動してから、手近にあった防犯ミラーをちらりと窺ったところ、鏡の中で一人の女と目が合った。

年齢はわたしより十ほど上、四十歳ぐらいだろうか。ベージュ色のジャケットに同じ色のスラックス。体形は小太りだが目つきは鋭い。

保安員に違いなかった。

わたしは早足で階段を降りた。

背後から追ってくる足音を耳にしつつ、自動ドアの前に立った。ガラスに映った小太りな人影は、いつの間にかわたしのすぐ背後まで迫っていた。

外に出ると、ベージュ色のジャケットが、わたしの前に回り込んできた。体形のわりには素早い身のこなしだ。

こういう場合、慣れない保安員は、「お待ちください」などと言いながら、万引き犯の肩を後ろから叩いたりしてしまうものだが、それは、相手に逃げる隙《すき》を与える下手なやり方だ。年寄りならいざ知らず、若い万引き犯なら、声をかけられた瞬間に脱兎《だっと》のごとく走り出すに決まっている。

「ちょっとすみませんが、お嬢さん。なにかお忘れではありませんか」

お嬢さん。その呼びかけに吹き出しそうになりながら、行く手を阻《はば》まれたわたしは半歩退いた。

「忘れ物なんてしてませんけど」

「とぼけなくていいです。ここでは人目がありますから、すみませんが、もう一回、お店の中に入ってもらえますか」

口調は努めて優しかった。しかし、わたしの腕を摑んできた指先には力がこもっている。ベテランのようではあるが、いまは少し硬くなっているらしい。シラ来店した客、買い物を終えて出て行く客、双方の視線をとても強く感じる。

「いいですか。はっきり言わせてもらいます」保安員は顔を近づけてはきたものの、声を押し殺すという配慮まではしなかった。「わたしは見たんですよ。あなたが店の商品をバッグに入れて、お金を払わずに外に出たのを」

「何を入れたって言うんですか」

「付箋、カードケース、修正ペン、ビニールテープ、メモ帳、キーホルダー」

保安員は指を折りながら、淀《よど》みなく列挙してみせた。しかも、商品一つ一つについて、「黄色の」だとか「透明でB7サイズの」だとか、特徴までぴたりぴたりと言い当ててくる。もっとも、盗まれた商品の種類、色、柄をすべて確認して記憶しておくのは、保安員の仕事として当たり前のことなのだが。

「あらそう。見てたの」

弱ったな、というように、わたしはヘアウィグの前髪を軽く掻《か》き上げた。

「いやね。ずるいじゃない。だったら、さっさとその場で言ってくれればいいのにさ」

いまの言葉をみなまで言い終えないうちに、わたしはくるりと踵《きびす》を返し、駆け出していた。

ふたたび店内に入る。背後からドタドタと追ってくる保安員の足音を聞きながら、通路をぐるぐると走り回った。

先ほどの女子高生三人組が目の前にいた。彼女たちのそばで、わたしは俯《うつぶ》せに転んだ。起き上がろうとする間もなく、背中に保安員が乗ってきたのが分かった。

「放せって、痛えよ」

わたしは不良娘のような声を出して暴れながら、カシャカシャという音を聞いていた。例の三人組がスマホで、捕まったわたしの写真を撮っているに違いない。

格闘の勝敗はあっけなくついた。転んでから一分もしないうちに、わたしは保安員に両腕を掴まれ、売り場とバックヤードを仕切る扉に向かって歩き出していた。

扉を開け、バックヤードに入ると、保安員がすぐにわたしの腕を放した。

「お疲れ。痛かった？　ごめんね」

笑顔でわたしの肩を叩いてきた相手に、

「こちらこそ、お疲れさまでした」

わたしは頭を下げ、トートバッグの中から商品を取り出し、渡してやった。

保安員とはその場で別れ、わたしだけ事務室のドアを開けた。

自分で自分の肩を揉《も》みながらソファで待っていると、すぐに店長が入ってきた。

「ご苦労さん。いやあ、いい演技だったね」

店長は事務室の隅《すみ》に置かれた金庫を開け、すでに用意してあった封筒をわたしに差し出してきた。中身を確認してみると、一万円札が二枚、約束どおり入っている。

「それと、これはボーナスだよ」

店長が自分の財布から五千円札を一枚出して、応接テーブルの上を滑《すべ》らせてよこした。

「あなたがさっき見せてくれた演技が、なかなかよかったのでね。ぼくも昔、芝居をやっていたから分かるんですよ。遠慮なくもらってください」

額の右側に黒子をつけてきたかいがあったな。そう思いながら、わたしは店長に一礼し、五千円札も封筒に入れた。

事務室を出てトイレに入り、メイクを落としにかかる。ウィグをトートバッグに放り込んだ。涙袋やつけ頬は持参した小物入れに戻し、これもバッグにしまう。

売り場の方へ戻るわけにはいかないため、別の出入り口から外に出た。

煙草《たばこ》を吸おうと思い、トートバッグの中を手で探ったとき、

「素実《もとみ》さん。矢棉《やわた》素実さんだね」

背中に声をかけられ、わたしは後ろを振り返った。

2

そこに立っていたのは、背の高い五十がらみの男だった。

「元気そうで安心したよ」

彼とはしばらく会っていなかったが、以前『二十一世紀アクターズスクール』という俳優養成学校に通っていたとき、演技の教えを受けたことがある。そもそも、テレビや雑誌、映画館のスクリーンではちょくちょく目にしている相手なのだから、名前を忘れるはずもなかった。

黒縁の眼鏡をかけ、白い歯を見せて笑っている南雲草介《なぐもそうすけ》に、わたしは頭を下げ

た。

「お目にかかるのは、二年ぶりだと思います」

「まだそんなものか」

「ええ。ご体調はいかがですか」

ちょうど自分が『二十一世紀アクターズスクール』を卒業しようとするころ、南雲は脳の病気で倒れ、二か月ほど休業した。

「心配してくれてありがとう。もう大丈夫のようだ」

そうは言っても、以前とは異なり眼鏡をかけているところを見ると、病のせいで視力が低下したのかもしれない。

「さっき博啓堂の店内で見かけたときは、メイクで顔を変えていたから、最初はきみだと気づかなかったよ」

わたしはほかに幾《いく》つかの店舗でも同じ「万引き係」の仕事を請け負っている。だから素顔を晒《さら》すわけにはいかないのだ。

「なるほど。わざと万引き事件を起こし、その犯人を捕まえることで、店の警備力をアピールする作戦か。海外ではよくやる方法らしいけれど、この国でそこまで過激なことをする店というのは、ちょっと珍しいんじゃないかな」

わたしもそう思うが、聞くところによると、博啓堂の場合、万引き被害によるロスは一年間で百万円を超えるらしい。だったら、この程度はやって当然だろう。

「ご覧になっていたんですか」

「一部始終をね。あの女子高生たちが万引きの常習犯なのかい」

以前から勘の鋭い男だと思っていたが、その点は相変わらずのようだ。

「ええ。連中はこのところ、火曜日の午後四時になると、決まってあの売り場に来て」

その続きは、人差し指を鉤《かぎ》の形に曲げる動作で伝えた。

「でも」と南雲は言った。「ここまで強引な手段に出るより、店内に回収箱を設置した方がいいんじゃないのか」

「回収箱……ですか。何を回収するんです?」

「もちろん盗まれた商品を、だよ。万引きをする人の半分ぐらいは、その品物が欲しいんじゃなくて、盗みを成功させるスリル自体を楽しんでいると思うんだ。だったらスリルだけはたっぷり味わわせてやって、それが終わったら商品を戻してもらえばいい。名案だと思わないかい」

「なるほど、おっしゃるとおりですね」

「ただし、これはぼくのアイデアじゃない。本に載っていたんだ。さっき一階で立ち読みした本にね」

本当にこのタイミングで、この場の話題に都合のいいそんな情報に巡り合うものだろうか。普段からフィクションの世界で仕事をしているせいか、南雲にかぎらずわたしの知っている役者の多くが、息をするようにすらすらと作り話をするから始末に負えない。

「でも、そんなことをしたら、きみが失業してしまうかな」

南雲はじっとわたしの目を覗《のぞ》き込んできた。

たとえ演技の仕事で食い詰めたとしても、役者としての自尊心だけは大事にしろよ――そう諭《さと》すような視線だった。

万引き常習犯の女子高生三人組。彼女たちの前で、保安員に捕まる哀れな犯罪者役を演じた。たしかに、惨《みじ》めな汚れ仕事かもしれない。それでも断言できる。わたしは微塵《みじん》も自分を卑下《ひげ》してはいない、と。

これで女子高生たちは自戒《じかい》の念を起こし、手癖《てくせ》の悪さを自ら直してくれるはずだ。だとしたら、それは自分の演技力が高かったという証明にほかならない。

ついでに言えば、あの娘たちはいまごろ捕まったわたしの写真をSNSにアップしていることだろう。この店の保安力がちょっとした評判になり、万引き被害はますます減るに違いないのだ。

「こう見えても、これまで培《つちか》った演技力を生かし、いまでも立派な仕事をしているつもりですが」

　ここで気圧《けお》されたら負けだという気持ちで、こっちも斜め下から南雲の両目をじっと覗き込んだ。

「もしかして南雲先生は」わたしは目の前にいる男に詰め寄った。「わたしの露出《ろしゅつ》が減ったのは、仕事の声がかからなくなったせいだとお考えですか」

「いいや」

　南雲は首を振らずに、眉毛《まゆげ》のあたりをやや大袈裟《おおげさ》に動かしてみせた。ときどき映画の中で彼が見せる仕草そのままだった。

「そんな失礼なことは思ってもいないさ。きみは自分の意思で仕事を減らしていった。そうだろう？」

「そのとおりです」

「スクールに在校中から、きみにはちょくちょく仕事のオファーが舞い込んでいたね。それだけの実力があったにもかかわらず、わずか半年ほどのうちに、こうして自分から廃業同然の身になったわけだ。それはどうしてだろうと不思議に思っただけだよ」

　理由は簡単だ。同時期に、あるいは後から出発したのに、自分よりはるかに売れる女優が何人も出てきたからだった。

役者ほど同業者の動向を気にする商売もない。相手が売れている場合、味わうのは黒い羨望《せんぼう》の念。反対に、落ち目であれば、これも黒い優越感。どっちにしても、相手を見る目は暗く汚れている。

自分の胸中に根深く巣食ったその汚さが、わたしは嫌でしょうがなかったのだ。

3

午後になっても雨は降り止《や》まなかった。

その日もわたしは、ほとんど特殊メイクと呼んでもさしつかえないほどの作業を施《ほどこ》し、念入りに顔を変えていった。

気をつけるべきことは、前回の博啓堂で使ったものと似た顔にならないようにする、という点だ。難しくはない。メイクの種類は無限だ。服装と組み合わせれば、いくらでも新しい万引き犯を生み出すことができる。

ふと思った。今日は黒子の位置を眉と眉のあいだにしてみたらどうだろう……。

まるで仏像のようだが、そのとおり、この位置にある黒子は「神秘性」を表している。もしかしたら、人知を超えた不思議な出来事に出会えるかもしれない。そう期待し、眉間《みけん》に決めた。

クローゼットから出した衣装は、紺色のジャケット、そして同色のパンツだった。ぴったりした服は動きづらいから好きではないが、最近、この手の格好をほとんどしたことがなかったから、気分転換にはいいかもしれない。

いつの間にか少し太っていたらしく、パンツがきつい。とはいえ、腹を引っ込めてボタンを留めると、一応はその辺の街によくいるOLに化けることができた。

午後四時半、撥水《はっすい》効果がゼロに近い古びた傘を差し、外に出た。今日の仕事場は『ベタープライス』という名前のスーパーマーケットだ。

店内に流れているBGMは、聴きたくもない八〇年代のポップスだった。昭和の終わりごろに流行《はや》っていた曲だ。そのころは、わたしにとって、いい思い出が一つもない時代だった。

どうして音楽はこんなに記憶を喚起するのだろう。せっかく忘れかけていたのに、楽しくなかった出来事ばかりが次々に蘇《よみがえ》ってくる。

バックヤードに行くと、わたしと同年輩ぐらいの女がいた。身に纏《まと》っている雰囲気から万引きGメンだとすぐに分かる。

「初めまして」

「よろしく」

短く挨拶《あいさつ》を交わし、簡単に段取りを打ち合わせた。

今日のターゲットは、四十後半の男だった。過去何度もこの店で盗みを働いているが、監視カメラの位置を完全に把握《はあく》しており、まだあからさまには尻尾《しっぽ》を出していない。そいつの前で、わたしが捕まる演技をしてみせるわけだ。

過去のデータから、ターゲットの来店時間ははっきりしていた。火曜日の午後五時から五時半のあいだに必ず現れるのだ。

わたしは午後五時にバックヤードから出た。店内をうろつきながら、ちらちらと入り口に目を配り始める。

ほどなくして、四十七、八ぐらいの男が入店してくるのが見えた。

肩を落として猫背気味に歩く、いかにもくたびれたふうなその男を横目で観察しつつ、わたしは脳裏《のうり》に一枚の写真を思い浮かべた。

ターゲットの相貌《そうぼう》に関するデータは前もって渡されていた。男の外見は、その画像と一致している。

わたしがその男へ近寄っていくと、Gメンの女も、わたしの視界に入ってきた。さっさと始めましょう。彼女の真《ま》っ直《す》ぐな足取りが、そう無言で合図を送ってくる。

いまいる場所は、洗顔用品の並んだ棚の前だった。ターゲットの男はシェービングクリームを物色《ぶっしょく》している。そこから少し離れた場所で、わたしは化粧水の小さな瓶《びん》に手を伸ばした。

だが、それをハンドバッグに入れることまではしなかった。いったんは手にした瓶を棚に戻すと、わたしはターゲットの男から離れて通路を歩き始めた。

「どうしたのよっ」

比較的客の少ない場所まで来たとき、Gメンの女がわたしの斜め後ろから苛立《いらだ》った声をぶつけてきた。

「やめた」

「え?」

「今日はやらない」

Gメンの足が止まったのを背後に感じながら、わたしはどんどん歩を進めた。もう万引き常習犯の男など、どうでもよくなっていた。

わたしの目は、先ほどから客の一人に釘付けになっていた。

まだ三十手前と見える背の低い女だった。卵型をした形のいい顔の輪郭《りんかく》が特徴的だ。睫毛《まつげ》の長さも印象に残る。

その女が買い物を済ませて店の外に出たため、わたしはあとを追った。もう雨は上がっていたが、入り口の傘立てから自分の傘を引き抜くことは忘れなかった。

三百メートルほど歩き、女はＪＲの駅に入っていった。

カードを読み取り機にかざし、自動改札を通っていく。切符も定期も持ち合わせていなかったわたしは、慌てて券売機の前まで行き、入場券を買い求めた。夕方の帰宅ラッシュで改札口の内側もわりと混雑していたが、相手を見失うほどではなかった。

階段でホームに下りていった女は、幾つかある乗り口の一つに立った。その後ろに年配の男が並ぶ。わたしは、その男性の背後についた。

すぐにわたしの後ろにも人が並び、たちまち行列ができた。

しばらくして電車の警笛が聞こえてきたとき、わたしは傘の柄《え》を握り締めた。

もし、この傘の先端で、列の先頭にいる女の背中をそっと押したらどうなるか。この混雑ぶりだ。それがわたしの仕業だとは、そう簡単に気づかれることはないだろう。

すぐ前に並んでいる年配の男に悟られないようにして、先頭の女を線路に突き落とすには、どの位置からどんな角度で傘を突き出せばいいのだろうか。

そう考えながら、わたしは右手に力を込め、傘の先端をそっと持ち上げた。

そのとき、背後から誰かに肩を軽く叩かれた。振り向くと、そこには黒縁眼鏡をかけた長身の人影が立っていた。

またしても南雲だった。どうやら彼はわたしのあとをつけ回しているらしい。でなければ、こう立て続けに出くわすはずがない。

「これからどこへ行くんだい」

そう訊かれて、わたしは瞬《まばた》きを繰り返すことしかできなかった。

行き先？　そんなことは念頭にない。わたしは、列の先頭に立つ女の後ろ姿に視線を戻した。彼女にどこまでもついていくつもりでいた。だから、これからどこへ行くのかは、この女にしか分からない。

「帰るんです。自宅に」

とっさに嘘をついた。目が泳いでしまったのが、自分でもよく分かった。

「そうかい。でも変だな。このホームに入ってくる電車の行き先は、きみの自宅とは反対の方角だけど」

どうしてわたしの住所を知っているんですか。そう訊くだけ野暮《やぼ》だった。南雲ぐらいベテランの役者になれば業界で顔が利《き》く。情報ルートも山ほど持っているに違いないのだから、どの役者がどこに住んでいるかなど、誰かに訊けばすぐに分かることだ。

「きみの自宅なら、ここから歩いて二十分ぐらいだろう。よかったら、ぼくが案内しようか」

南雲は背を向け、改札口の方へ歩き始めた。その動きにつられるように、わたしは列から外れ、彼の背中を追い始めた。そうするしかなかった。言葉こそ冗談めいてはいたが、いまの口調には有無を言わさぬ威圧感があったからだ。

「さっきはどうして、急に仕事を投げ出した?」

改札口を出たところで、南雲は振り返りもせずに訊いてきた。

その質問に答えるとなると、少し長くなりそうだったから、とりあえずわたしは黙っていた。

「まだあのアルバイトを続けるつもりかい」

どうだろうか。いきなり仕事を放棄してしまったのだ。土下座でもしないことには、まず今日でクビだろう。

「きみはフリーだったっけ? それとも、どこかの事務所に所属している?」

わざとらしい物言いだ。知っていながら訊いているに違いない。

「所属しています。一応は」

「だったら、オーディション用の脚本が定期的に送られてくるよね」

「まあ、少しは」

「最近、その中で気に入ったものは、何かあったかい」

「一つぐらいなら、ありました」

仕事を選べる身分ではないのだが、気がつくとわたしは、ずいぶんと偉ぶった言葉を吐いてしまっていた。

「例の万引き係のアルバイトをしていることは、事務所には伝えてあるのかな」

わたしは首を横に振った。

「そうか」南雲は声のトーンを落とした。「もし伝えていたら、きっと反対されていただろうね」

だろうな、とわたしも思った。来る日も来る日も同じ芝居だけをしていたら、役者としての成長は望めない。

「ぼくは前から、矢棉さんの実力に目をつけていた。だから正直なところを言えば、ああいう仕事で才能を浪費するのはもったいないと思っている」

言って南雲は、首を横にくいっと向けた。その方角にはトイレがあった。メイクを落としてきなさい。そう言っているようだ。

4

わたしはまた目の下を掻いた。特殊メイク用のゼラチンピースを外したあとはいつも、しばらく嫌な痒《かゆ》みと戦う羽目になる。

普段持ち歩いているトートバッグは『ベタープライス』の事務所に置いてきたま

まだから、ピースの保管場所に困った。結局、ティッシュに包んで服のポケットにねじ込んでおくしかなかった。

互いに黙りこくったまま、もう十五分ほどが経過している。

駅舎から外に出て、自宅へ向かって歩いているあいだ、南雲はひとことも口を利かなかった。ひたすら無言を貫いているのだ。そして一切遠慮する素振りも見せず、斜め後ろの位置から、わたしにじっと視線を当て続けていた。

「一つお願いがある」

ふいに南雲がそう切り出したのは、自宅アパートまであと三百メートルほどの地点に来たときのことだった。

立ち止まって振り返ると、彼は歩道と車道を仕切るコンクリート製の縁石《えんせき》を指さしていた。

「この上を歩いてみてくれないかな。できるよね？」

わたしも同じ部分に人差し指の先を向けた。

「この上を、ですか。……それはまあ、歩けることは歩けますけど、遠慮しておきます」

子供じゃないんですから。喉元《のどもと》まで出掛かったその言葉は、声に出さないでおいた。

「まあ、そう言わずに。ぼくもやるから」

言うなり南雲は軽くジャンプし、縁石の上に両足を揃えて飛び乗った。両手を真横に大きく広げた格好で、コンクリートブロックの切れ目から切れ目まで、十メートルほどすたすたと歩いてみせる。

案の定、自転車に乗った中年の女が、好奇心を剝《む》き出しにした視線を南雲に浴びせながら通り過ぎていった。

南雲は、くるりと体を回転させつつ縁石から歩道に下り、眼鏡の奥で目を細め、にっと歯を覗かせた。そんな様子を見ていたら、わたしは不思議と、大人も子供も関係ないという気持ちになっていた。

「さあ、きみの番だ。荷物は持っていてあげるから」

南雲が腕を差し出してくる。その手に傘を預け、わたしも縁石の上に乗って歩き始めた。

「もう一つお願いがある。そこに乗ったまま、『東京』という言葉を、何度も繰り返してほしい。できるだけ早口でね」

縁石の高さは二十センチほどだろうか。それだけの嵩《かさ》を足しても、わたしの身長はまだ、横を歩く南雲に届かなかった。

また訳の分からないことを言い出した彼を、やや見上げるようにしながら、

「東京、東京、東京、東京、東京……」

繰り返しているうちに、縁石を踏み外しそうになっていた。「東京」がいつの間にか「京都」になってしまい、それを修正しようと口に意識を向けたせいで、足元が覚束《おぼつか》なくなってしまったのだ。

結局、五十回ぐらい「東京」を繰り返したところで、バランスを完全に失い、上半身がぐらりと揺らいでしまった。手を振り回して持ちこたえようとしたが、どうしても体勢を立て直すことができず、たたらを踏むようにして歩道に下りた。

傘を持っていてもらった礼を南雲に言いながら、それを受け取ろうと手を出す。

南雲が柄の部分をわたしの方へ向けてきた。だが、わたしは傘を受け取ることができなかった。南雲の手が、まだ先端部分を摑んだままだったからだ。

「教えてくれないかな。なぜさっき、万引き係のアルバイトを放り出したのかを」

「……ひとりでにそうなった、と答えたら、信じてもらえますか」

「ひとりでに？」南雲がようやく傘を手離した。「もう少し説明がほしいな」

「仮にですよ、南雲先生が仕事でこういう芝居をするとします。道路を歩いているとき、電柱の陰に捨て猫を見つけ、近寄って抱き上げる。そして結局、家に連れて帰る。そんな芝居です」

「それで」

「その芝居をどう演じるか。本番までに毎日、南雲先生は、あれこれ演技プランを練るはずです」

「ああ。けっこう悩むだろうね。ぼくは小さな芝居ほど、なんだかんだと考え込んでしまう癖《くせ》があるから」

「さて、撮影を間近に控《ひか》えたある日、近所を散歩していると、たまたま実際、電柱の陰に捨て猫を見つけたとします。そうしたら、先生はどうしますか」

「連れて帰るかどうかまでは分からないが、近寄って抱き上げるぐらいはするよ。間違いなく」

「ですよね。しかも、いちいち考えることなく、ほとんど反射的にそうしてしまうんじゃないでしょうか」

「たしかに。毎日その演技を考え続けていたら、どんな俳優だって、ひとりでに体が動くものだろうね。やる気のある役者ほどそうだと思う」

「それと同じですよ」

何週間か前、事務所から送られてきた脚本があった。オーディション用なのか何なのか、よく分からないホンだった。マネージメント部長の名前で、「一読を」とだけ書かれたメモが添えられていた。

どうやら一部分だけのようで、やけに薄い冊子だった。タイトルも不明で、全体的にはどんなストーリーなのか、まるで見当がつかなかった。

最初は読む気などなかったが、いつの間にか食い入るように文字を追っていた。それには理由があった。その脚本には、脇役らしいのだが、わたしをモデルにしたとしか思えないトモミなる女が登場することになっていたからだ。

トモミは不定期で方々の店に出向き、「万引き係」の仕事をして生計を立てていた。あるときトモミは仕事の最中に、顔の輪郭が卵型で睫毛の長い女と遭遇する。その女は、小学生時代にさんざんトモミをいじめていた相手だった。トモミは仕事を途中で放棄し、憎むべき仇敵《きゅうてき》を追いかけ始める。隙《すき》あらば復讐してやろう。そんな憎悪の念を滾《たぎ》らせながら、どこまでも尾行していく――というくだりがあったのだ。

自宅アパートの前まで来ると、南雲は軽く手を挙げ、

「じゃあ元気で」

いま来た道を引き返し始めた。

「送っていただいて、ありがとうございました」

わたしが背中に声をかけると、南雲の足がぴたりと止まった。

「いけない。一つ言い忘れていた」首だけを後ろに捻《ひね》って彼は言った。「合格だよ」

「……合格って、何にですか」

「オーディションにさ」南雲は体の向きも変え、わたしと正面から相対した。「実は、いまぼくは共演者を募集中でね。今度はテレビじゃなくて映画だ。それに出てくれる役者を探していたところなんだよ」

いまきみの動きを見せてもらったところ、幅の狭い縁石を歩いても、体幹が全然ぶれていないことが分かった。それから、台詞《せりふ》回しも見事だ。普通の人なら「東京」を二十回も言えば「京都」になるけれど、きみはその倍以上もはっきりと「東京」が続いたからね。

そのような説明をしてから、彼はゆっくりとした口調で付け加えた。

「そして何より、やる気がある」

わたしはどういう反応をしてみせたらいいのか分からず、その場で棒立ちになっていた。

一つ確かなことは、トモミなる人物が出てくるあの脚本は、おそらく南雲か、あるいはマネージャーが書いて、事務所を通して送ってきたものである、ということだ。

脚本だけではない。卵型の輪郭をした睫毛の長いあの女も、彼が差し向けてきた役者に違いなかった。南雲がアクターズスクールのインストラクターもしていることを考えれば、彼女はそこに通っている学生かもしれない。

何はともあれ、わたしは南雲に試されていたらしい。生活の糧《かて》を確実に得るため汚れ役を演じ続けるのか。それとも、たとえ人気は下位に甘んじたとしても、新しい演技を志してこの道をふたたび進むのか。そのどちらを選ぶかを。

「稽古《けいこ》は明日からだよ。失礼だが、もう半分失業状態なんだろう？　よかったら参加してもらえるとありがたいんだが」

「お受けいたします」

「助かるよ。それから、きみはたしか、納谷《なや》ミチルさんのファンだったよね」

「そうです」

納谷ミチルは芸歴が四半世紀になるベテランの女優だ。デビュー以来、変わらず人気を誇っている。

「いま彼女が付き人を募集しているんだ。少しとっつきにくいところもある人だけど、それも修業のうちだろう。よければ、ぼくからきみを推薦してあげることもできるんだが、やってみる気はあるかい。採用されれば、少なくとも毎月の固定給は確保できる」

「ぜひお願いします」

そう返事をしてから、わたしはスーツのポケットに手を入れ、ティッシュに包んだゼラチンピースを取り出した。これを屑籠《くずかご》に放り込む。それが、部屋に帰ってまず初めにやるべきことだ。

第四章　黒い代役

1

撮影はいったん中断された。

装飾係のスタッフがセットの床に敷かれたカーペットを引き剝《は》がし、下に張られている板に異状がないか、点検し始める。

その隙《すき》に、おれはいったんセットを出た。小道具として作られた新聞紙を一部手にし、楽屋に戻る。

楽屋の大テーブルには、誰かが差し入れてくれたカステラがまだ少し残っていた。フォークを使って一欠片《ひとかけら》口に放り込んでから、鏡の前に立った。

両手の指先を頰に軽く当て、キーボードを叩くようにパタパタと動かし始める。

そうやって表情筋を刺激しているうちに、顔が温かくなってきた。血行がよくなった証拠だ。

　胸の前で新聞紙を広げた。体を少し斜めにし、紙面に邪魔されることなく、顔が鏡に映るようにしてから読み始める。

【二十五日午後十一時ごろ、灰塚《はいづか》市の県道で、女性が乗用車にはねられ、病院に搬送されたが、死亡が確認された。乗用車はそのまま逃走した。灰塚署によると、死亡したのは同市に住む無職の女性（六十七歳）。複数の目撃者が「逃げた車は紺色のワゴンタイプだった」と証言している。同署はひき逃げ事件として、自動車運転処罰法違反（過失致死）や道路交通法違反（救護義務違反、事故不申告）の疑いで捜査を始めた】

　予算が少ないわりには、小道具に手抜きはない。紙面には、劇中の設定をそのまま活字にした記事が、しっかりと印刷されている。

　記事に目を通したあと、おれは鏡に視線を戻し、怯《おび》えの表情を幾《いく》つか作ってみた。

　顔のみならず、体全体でする演技にも注意を払う。人間の体は、快適なら大きくなり、不快や不安を覚えれば小さくなるという。自分の起こした轢《ひ》き逃げ事件。それを報じた記事を目にして怯えるというこの場面では、さりげなく首や手足を縮《ちぢ》こめる必要があるはずだ。

そんなことを考えながら鏡の前であれこれ試していると、おれの名前を呼びながら、チーフ助監督の沼井《ぬまい》が楽屋に入ってきた。

「折崎《おりざき》さん」

「そろそろ再開します」

おれは沼井に向かって頷《うなず》いた。いや、頭を下げた、といった方が正確だろう。この助監督には感謝している。いま撮影が中断している本当の理由は、おれがNGを連発したせいだった。

こっちの演技が上手くいかないのを見た沼井が気を利《き》かせ、床が軋《きし》んでいるようだと言い出した。本当はセットに異状などない。口実を設け、おれに演技の調整をする時間を与えてくれたのだ。

会社のオフィスを模したセットに戻ると、共演者の南雲《なぐも》と目が合った。

アクターズスクールを卒業してから約三年。それしか経《た》っていないのに、まさか当時師と仰《あお》いだインストラクターと、こんなふうに共演を果たせるとは思ってもみなかった。

管理職の席についた南雲は、こっちに向かって小さく笑いながら、着ている背広の襟元《えりもと》を指さしてみせた。ここをチェックしてごらん、と言っている。

自分が着ている衣装のスーツに視線を落としてみると、たしかに襟の部分にカステラの屑《くず》がついていた。

振り落としながら南雲に目で礼を返し、呼吸を整え始める。

「じゃあ本番いくぞ。用意っ」

不二倉《ふじくら》の甲高《かんだか》い声は、オフィスの壁を越え、見えない位置から飛んできた。役者の演技を直接目にすることはせず、セットの外側に設けられた席でモニター画面越しに監督するのが彼のスタイルだ。

「スタートっ」

重機メーカーの設計部に勤務する三十二歳の技術者で、仕事一筋の真面目な独身男。しかし、ある晩、会社の帰りに轢き逃げをしてしまう――今回のドラマで、おれに振られた役どころはそうだった。

事件を起こした翌朝、通勤途中の駅で買った新聞を職場で開き、それが報道されたことを知って怯える。

いま取り組んでいるのは、それだけの短いシーンなのだが、すでに七回も不二倉から駄目を出されていた。

その不二倉は、カメラが回って五秒もしないうちに「カット」の声を上げた。おれがうっかり事務机の上にあったペン立てに手をぶつけ、床に落としてしまったからだ。

小道具係のスタッフが慌てて直しにかかる。その間に、沼井が不二倉に呼びつけられたようだった。

次のテイクでは、どうにか最後まで演技をやり終えることができた。ただ、出来のほどについては、自分ではまるで判断できなかった。

ほどなくして、セットの裏側から不二倉の細長い体が姿を現した。

望むショットが得られず不機嫌なときは薄笑いを浮かべ、所期の映像が撮れて嬉しいときは石のような仏頂面《ぶっちょうづら》になる。当然のように陰では「天邪鬼《あまのじゃく》」と渾名《あだな》されている五十二歳の監督は、いまは薄笑いを浮かべながら、

「折崎。おまえさ、知り合いの役者何人いる？」

そんなことを訊いてきた。

「男だけでいいから、思いつく限りどんどん名前を挙げてみ」

伊野木《いのき》亘《わたる》、二宮《にのみや》譲《じょう》、原島《はらしま》コージ、上田《うえだ》ゆうさく……。十数人の名前を口にしたところで、もういい、というように不二倉は手の平をこちらへ向けてきた。

「分かるよな。おれが何を言いたいか」

頷いた。それだけのアンダースタディ――代役がいる、ということだ。おまえが使い物にならなければ、いつでもほかの役者に代えるからな、と言っているのだ。

「次のテイクが駄目だったら、もう来なくていい」

不二倉は踵《きびす》を返し、モニターの方へ引き返そうとした。その背中に、

「監督、ちょっといいですか」

声をかけたのは南雲だった。先ほどのような本番撮影中と違い、それが中断した いまではツルの太い黒縁眼鏡をかけている。以前の彼なら普段は裸眼だった。脳梗塞からは回復したものの、後遺症で視力が落ちたのかもしれない。

南雲は不二倉の傍《かたわ》らに行き、何やら小声で話し始めた。片手で拝むような仕草をしているところを見ると、頼みごとをしているようだ。

不二倉が床に視線を落とした。そうして考え込む様子を見せたあと、下を向いたまま何度か頷いた。

南雲はカメラマンとも言葉を交わしてから、おれの方へ近寄ってきた。

「折崎くん、きみにはもう奥さんがいるんだったたね」

「ええ」

中学時代の同級生と籍を入れたのは、スクールを卒業して半年後のことだ。

「じゃあ、こんな話を聞いたことがあるんじゃないか。——昔、ある男が『妻が再婚した場合に限り、全財産を妻に譲る』という遺言をした」

「それは、心おきなく再婚できるようにという配慮から、ですか」

「ちょっと違う。遺書にはこう書き添えてあったんだ。『そうすれば、私の死を悔

やみ嘆いてくれる男性が、少なくとも一人はいることになるから』と」

つまり結構な悪妻だった、ということらしい。

たいして面白い話とは思わなかったが、とりあえず声を上げて笑っておいた。ジョークで緊張をほぐそうとしてくれた恩師の親切心に、こちらも応えなければと思ったのだ。

「もしかして、この話を冗談だと思ったかい」

「……違うんですか」

「違うね。実話だよ。遺言した男はドイツ人で、名前はハインリヒ・ハイネだ」

「あのハイネですか。詩人の？」

「そう。ちなみにハイネは野原で本を読むのが大好きで、読み終えたページを破って笹舟《ささぶね》のように小川に流す癖《くせ》があったらしい。どうだろう、きみもその真似をしてみたら」

「……おっしゃっている意味が、よく分かりませんが」

「簡単だよ。例えば、こういう演技をしてみるのさ」

南雲は、おれと立ち位置を入れ替え、新聞紙を開いた。巧《たく》みな顔の演技で不安と怯えを表現してみせながら、右手で新聞紙の角を細かく千切り始める。

「不安にかられると、指先が勝手に乱暴な動きをする。きみの演じる男は、そういう癖を持っていることにするんだ」

「面白いとは思います。ですが……」

セットの隅からこのやりとりに目を向けている不二倉を、おれは気にした。脚本にないアクションを勝手に加えたら、彼が承知しないだろう。

「問題ない。いま監督の許可を取ったからね。このテイクだけは、わたしが好きに演出していいことになった」

「……そういうことでしたら、承知しました」

「ところで、星座という言葉を耳にしたら、きみは最初に何座を思い浮かべる？」

今度はそんな問いをぶつけられた。質問の意図がまったく分からなかったが、とりあえずカシオペアと答えた。

「だったら、紙片をテーブルの上にWの形に並べるようにしよう。ただ千切っても面白くないからね」

新聞紙は同じものを十部以上も準備してあるので、何度か繰り返しリハーサルをすることができた。

本番用の新聞を持ってきてくれたのはセカンドの助監督だった。チーフの沼井はまだここへ戻ってきていない。

南雲のつけた演技で、とりあえず一テイク撮ってみたあと、モニターで出来を確認する運びになった。

監督席にいくとテーブルの横に沼井が座っていた。ただし椅子にではない。床に正座している。いや、させられているのだ。先ほどおれが小道具を落としたペナルティを、彼は不二倉から、こういうかたちで払わされているのだった。

2

翌日の撮影は午前九時からのスタートだったが、おれはその一時間前には撮影所に来ていた。

屋外に出て、朝の光を浴びながら、まずは軽い準備体操を始める。

その後、ゆっくりと腹式呼吸を繰り返し、発声練習をしてから、滑舌《かつぜつ》のトレーニングに移った。

――お茶立ちょ茶立ちょちゃっと立ちょ茶立ちょ。

――竹垣に竹立てかけたのは竹立てかけたかったから。

ここまでは難なくこなせたが、

――鴨米噛みゃ小鴨が粉米《こごめ》噛む小鴨米噛みゃ鴨が粉米噛む。

この途中で、顔の筋肉がひどく攣《つ》ってしまった。

たまらずその場に蹲《うずくま》り、頬に両手を当て、痛みが去るのを我慢していると、

「塩湯を持ってこようか」

背後にそんな声を聞いた。

振り返ってみたところ、こちらを見下ろしている人物がいた。沼井だ。

昨日の撮影時、不二倉が「もういい」というように顎《あご》を動かしたので、沼井は立ち上がろうとした。足が痺《しび》れているらしく、壁に手をつかなければ体を真《ま》っ直《す》ぐにしていられないようだった。

そんな助監督には目もくれず、モニター画面のみを注視した不二倉は、カシオペア座の演技にＯＫを出した。

この業界では先輩に当たる南雲の顔を立て渋々そうしたわけではなく、本心から満足したことは、不二倉の仏頂面から明らかだった。

いま、こちらの顔にじっと視線を当ててきた沼井は、おれが蹲っている理由について二日酔いではないと悟ったらしく、拍子抜けしたような表情になった。

両手で顔を挟んだまま、円を描くように頰筋《きょうきん》を揉《も》みほぐしつつ、おれは立ち上がった。「早いですね、沼井さん」

「そっちこそ」

「塩湯の代わりに、ほかの物を頂戴できませんか」

「言葉です。何でもいいです。思いついた言葉を口にしてみてください」

何でもいいって言われると、かえって難しいんだよな……。沼井は低い声で独り言ち、顎《ご》に手を当てた。

「じゃあ、バイク」

おれは激しく足踏みをすることで、エンジンをかける動きを表現してみせた。口で排気音を真似したらあまりに陳腐《ちんぷ》だから、それだけはやらないようにし、両腕を胸の前で回転させる。

「その手は、車輪のつもりかい」

「ええ。――笑わないでくださいよ。これ、俳優を志す者はほとんどの人がやっている、真面目なトレーニング法なんですから」

「分かってる。ときどき見るけど、何か名前ついてんの、その訓練法に？」

「あると思いますが、おれは知りません。何かになったつもりなので、単純に『つもり』って呼んでます」

レース場のコーナーを8の字に走り回るイメージで、体を波打つように揺らしながら、おれは沼井に請うた。「もう一つ、別な言葉をもらえませんか」

「じゃあ……竹馬」

「何が欲しい？」

おれは大股で歩き始めた。その動作に、時折ジャンプを加える。竹馬に乗って歩幅が増し、目の位置も高くなったことをこうして表現しながら、先に作ったバイクのアクションも同時に行なったところ、沼井は呆《あき》れ顔を作った。

「欲張るなよ。バイクか竹馬か、どっちか一つにすればいいだろう」

「いいえ」動きを止めることなく、荒い息の下で言った。「これで、いいんです。いいんだと、昨日、学びました」

役者が優れた演技を見せるときの条件が幾つかある。その一つが、複数の動きを同時にこなさなければならない場合だ。

例えば、新聞記事を読んで不安にかられる場面。

俳優に課されたアクションが、紙面を開く、怯えの表情を作る、この二つだけだと、頭の中であれこれ考えてしまい、かえって演技が不自然になってしまうものだ。

そんなとき、なすべきことをもう一つか二つ余分に与えてみる。そうして俳優の脳内を忙しくしてしまえば、演技は自然とよけいな作為を欠き、オートマティックなものになっていく。

そうやって引き出された自動的な演技というものは、皮肉なことに、細心の注意を払って演じたものより、ずっとリアルで真に迫っている場合が多い。

昨日、南雲の演出を通して無言で教えられたことを、自分なりに、一つのセオリーとして言葉にしてみればそうなる。

「そんなもんか」沼井は納得した顔になった。「じゃあ、明日もここにいなよ。もっと難しい言葉を考えてきてやるから」

「ありがたいです」

屋外からスタジオ内に戻り、出演者用の控《ひか》え室に向かった。

廊下を歩いているうちに強く感じたことだが、行き交うスタッフたちの様子が、どうも浮き足立っている。事故でもあったのだろうか。

控え室に入ると、黒縁眼鏡にTシャツ姿の南雲が鏡に向かってファイティングポーズを取っていた。

「おはよう」

左のフックを鏡に向かって放ちながら、その鏡面を通して声をかけてくる。彼のこめかみには、すでにうっすらと汗が浮いていた。一昨日はクラシックバレエ、昨日は日本舞踊だった。今日の準備体操にボクシングを選んだ理由は何だろう。機会があればいずれ訊いてみようと思いつつ、まずは肝心な質問からぶつけてみる。

「ずばり教えていただけませんか」

南雲は左のアッパーを出すことで、どうぞの返事に代えてきた。

「加害者の役を演じる秘訣は何でしょうか。罪を犯してしまった人間の気持ちを上手く表現するコツは」

ショートジャブを連打しつつ、南雲は苦笑した。

「それが分かれば苦労はしないね。自分の頭で考え、工夫を重ね、独自の方法を見つけていく。俳優なら誰もがそうするしかないだろうな」

南雲にしてはやや冷たい言葉だった。このまま会話が終わったら、場の雰囲気が悪くなってしまいそうだ。そこで、毎朝の準備体操をどうやって選んでいるのか訊いてみようと思った。

「ちょっと騒がしくないですか？　今朝のスタジオ」

直前でそのように質問を変えたのは、たったいまも控え室の外を、スタッフの一人がドタドタとやかましい足音を立てながら、右から左へ走り去っていったせいだった。

「監督がまだ来ていないからだろう。別に驚くほどのことじゃない」

「そうなんですか」

不二倉が遅刻とは珍しい。

南雲はいったんボクシングの構えを解くと、化粧台に歩み寄り、置いてあったタオルを手にした。こちらへ振り向きざま、それを顔に押し当てる。

「さて、始めようか」

口元もタオルに埋まっている状態なのだが、なぜこれほどよく通る声を出せるのか。その点もいつか訊ねてみようと思いつつ、

「……何を始めるんです？」

言われたことの意味が分からず、おれは困惑するしかなかった。

「決まっているだろ。これさ」

タオルから顔を上げ、南雲はまたファイティングポーズを取ってみせた。

「思い出してくれよ。アフターファイブに何をしている？　小野田《おのだ》は」

そのときになって、やっと思い当たった。おれがいまドラマで演じている三十二歳の会社員、小野田圭《けい》はアマチュアのボクサーでもあり、仕事を終えたあとはジムに通っている、という設定だった。

南雲が今日のウォーミングアップにボクシングを選んだのは、おれの役作りに協力するという意図があったからのようだ。

小野田がジムで練習する場面は、尺にしてほんのわずかだし、撮影もまだ先だ。だからおれは油断して、何も準備はしていなかった。

だが、俳優が役を上手くこなしているかどうかは、そのキャラクターが本業を離

れて趣味に打ち込んでいるシーンなどにこそ、かえってよく出るものなのだ。

不明を恥じながら、おれも南雲の方へ数歩近づいた。両手の拳《こぶし》を握《にぎ》り込み、それを胸の高さに保持する。

ほう。南雲の口から出た小さな声には感嘆の響きが含まれていた。

「きみは、思ったより構えがどっしりしているな」

「恐れ入ります。前職のおかげです」

俳優になる前に、理容師の仕事を一年間だけ経験したことがある。

大学在学中に受けた就職試験は全滅だった。そこで卒業後、少しだけ興味があった理容業界を覗いてみようかと、専門学校に入った。

理容学校では、腰を落としたまま重心を移動する練習を何度もやらされた。腰痛予防のためだ。理容師はどうしても前屈《まえかが》みの姿勢を強《し》いられる。腰が強くなければ務まらない仕事なのだ。

「台本にはたしか、小野田がほかのボクサーとスパーリングをする場面もあったね」

「はい」

「向かってきた相手に、より効果的にパンチを決める術《すべ》があるんだ」

南雲が一メートルほどの距離まで歩み寄ってきた。

「どうするか分かるかね」

「視線に注意する、ということでしょうか」

「それも大事だが、もう一つある。呼吸を読むことだ。あと少しだけ姿勢を低くしてごらん」

言われたとおりにした。

「息を吐いて。──吸って」

息を吸い込もうとしたとき、視界が激しく揺れた。

急に貧血でも起こしたのか。そんなことはいままで一度もなかったのだが。

臍《へそ》を中心にして、鈍い痛みがじんわりと腹部に広がるのを感じた。

内心で上げたのは「え?」という短い疑問の声だったが、実際におれの口から出たものは、グフッと咳き込むような音と、やや粘《ねば》ついた唾液《だえき》だった。

そんなおかしな事態になったのは、南雲の放ったボディブローのせいだ。

ヒットした。

演技や寸止めではなく、南雲は自分の拳を、実際におれの腹部へめり込ませてきたのだ。

たまらず体を二つに折って、控え室の床に膝《ひざ》をついた。

「このように、吸う寸前を狙うことだ」

何事もなかったかのように解説する南雲を、おれは涙に霞《かす》む目で見上げた。

「体に力を入れるとき、人間は息を吸って止める。次の動作に移る際には、止めた空気を吐き出す。そのときに体から力が抜けてしまう。そこが狙い目なんだ」

南雲が差し出してきた腕に、吐き気をこらえながら摑《つか》まる。

「ほんの一瞬だから見逃さないように」

はいと返事をしたつもりだが、掠《かす》れて声にならなかった。

3

不二倉が遅刻したせいで、今日の撮影は二十分遅れで始まった。

小野田が社員食堂で昼食をとっている。そこへ南雲演じる上司が来て、彼に昇進を伝える。だが小野田は自分が起こした轢き逃げのことが気がかりで、それどころではない。

そんなシーンの撮影に臨んだのだが、案の定、またすぐに不二倉から駄目を出されてしまった。

「それほどウマいか」

薄笑いを浮かべた不二倉がぐっと顔を近づけてくると、強くヤニの臭いがした。

「ウマい、といいますと？」

演技が上手すぎて、逆にそれを咎《とが》められているのか。ほんの一瞬だが、そんな考えが頭をよぎった。

「だから、おまえが味噌汁を飲んでいるときの表情だよ。美味《うま》すぎるんだ、味噌汁がな。小野田はいまにも不安でぶっ倒れそうなんだぞ。何を食っても味なんか分かるはずねえだろうが」

「……すみません」

その後、五テイクやってみたが、やはりいずれもNGとなった。

こうなることは十分に予想がついていた。今朝方《けさがた》、控え室であった一件。あのボディブローがいまだに尾を引いていて、まるで演技に集中できなかった。痛みや吐き気はもう消えているが、精神的なダメージが深い。

稽古《けいこ》のふりをして、南雲はおれに暴力を振るってきた。

なぜ殴られたのか。理由をいろいろ考えてしまって、頭が混乱している。

「すみませんが、ここはもう一度わたしにやらせてもらえませんか」

南雲が不二倉に向かって言った声を耳にし、おれは我に返った。

「……分かりました。じゃあお願いします」

不二倉はおとなしく引き下がったが、語尾に「まあ試しに」と付け加えることを忘れなかった。

「折崎くん」

こちらを向いた南雲の表情はまったく普段どおりで、今朝の出来事など微塵《みじん》も連想させはしなかった。

「いま小銭を持っているかい。百円あればいい」

おれはズボンの裾《すそ》を触った。シルエットをよく見せるために、裾の折り返しに錘《おもり》として硬貨を入れている。

左右に十円玉を五枚ずつ。ちょうど百円あった。

「じゃあ、ちょっと買い物をしてきてくれ」

「分かりました」

スタジオの重い扉を押して外に出た。

廊下を走りロビーに設置されている自販機の前まで急ぐ。

足を止めたのは、何台か並んだうちの右端、最も古びた一台の前だ。

ガラスの向こう側には、六列三段に紙パック入りの飲料が並んでいる。最大で十八種類の商品が買える計算になるが、どの商品も二本ずつ同じものが売られているかたちだから、実質は九種類しかない。

ここは、これまでにも何回か利用している馴染《なじ》みの深いスタジオだ。この自販機にもたびたび硬貨を投入している。

果汁、紅茶、乳飲料などがごちゃ混ぜに並んだ、まるで統一感のない自販機だった。

果物は好きだが、ジュースにするより、そのまま固形物の状態を齧《かじ》る方がずっといい。果汁はあまり買わず、主に紅茶類のボタンを押し続けてきた。

だが今日は、六列三段ある商品のうち最下段の右端にあるボタンを押した。

牛乳。

何も混ぜていないシンプルなミルクだ。ほかの商品と違い、それだけが紙パックではなくガラス瓶《びん》入りの飲料だった。値段も百円ちょうどだ。

買い求めた瓶を手に廊下を戻り、スタジオへ通じるドアを押すと、背後に誰かの足音がした。見ると、廊下の奥の方から沼井が走ってくるところだった。

こちらがスタジオを出ると当時に、彼もどこかへ使いに出されていたらしい。戻ってくるタイミングも一緒になったというわけだ。

おれは扉を押さえて、彼を待っていてやることにした。

「わりい」

片手で拝み手をした沼井は、もう片方の手に何やら小さな容器らしきものを持っていた。

「これ、借りてきた。『ボン』から」

この撮影所に付属して設置されているレストランの名前を口にし、沼井は手にしているものをちょっと持ち上げてみせた。

醬油《しょうゆ》差しだが、色が黒ではなく透明だから、中身は酢《す》だろう。

南雲のやろうとしていることは何なのか。おれには何となく察しがついた。

スタジオ内に入り、社員食堂のセットに戻ったところで、沼井が手を差し出してきた。その牛乳瓶を貸してくれと言っている。

渡してやると、あらかじめ南雲から指示を受けていたのだろう、おれが使っていた小道具の椀《わん》に、それを半分ほどさっさと注いでしまった。

残りをセカンドの助監督に預け、飲んだりせずに保管しているように、と指示を出す。その傍らを通り、南雲がおれの方へ寄ってきた。

「プロキウスという人を知っているかい」

語感からして、古代のローマかギリシャにいた人のように思えるが、見当がついたのはそこまでだった。

「大昔、アテネにいた俳優だよ。あるときこの役者は、息子に先立たれてしまった」

南雲の背後で沼井は、牛乳を入れた椀に『ボン』から借りてきたという酢を混ぜ始めた。思ったとおりだ。

「ちょうどその時期に、プロキウスはある演目で、空《から》の壺《つぼ》が出てくるシーンをやることになった。だが、どうも演技に感情が伴わない。そこで彼はどうしたか」

「もしかして、空っぽの小道具の代わりに、息子の――」

「そう。遺骨を入れた骨壺を使ったんだ。結果、満場の拍手を浴びた。――さて、始めようか」

おれは椀を手にした。

「これを飲めばいいんですね」

「ああ。味噌汁だと思ってね」

酢で薄まっているとはいえ、椀の中の牛乳はまだまだ色が鮮やか過ぎた。白味噌を使ったとの設定だとしても、これを味噌汁だと言い張るには無理がありそうだから、中身が映らない角度から撮るよう、南雲はカメラマンに指示を出しているはずだった。

おれは演技の中でそれを実際に飲んだ。

ＯＫを出したあと、南雲は不二倉の方へ顔を向け、どうです？　と目で問いかけた。

不二倉が仏頂面で頷いたのを見届けてから、おれはセットを出た。

メイク係の女性が髪型を直すために追いかけてくる。それを断り、スタジオの分厚い扉を押し開けると、廊下を走ってトイレに飛び込んだ。

個室に入り、床に膝をつきながら便器の中に顔を入れ、思いっきり口を開けた。

牛乳と酢の組み合わせは、どんな飲み物よりも不味《まず》い。何かの本にそう書いてあったのを読んだことがあったから、知識としては持ち合わせていたが、これほどまでとは思わなかった。

鼻腔《びくう》に嫌な臭いがへばりついている。食道から胸のあたりにかけての、もやもやとした不快な感覚も消えないが、舌を指で押しても吐くことができなかった。

あきらめて個室から出た。洗面台で何度も口をゆすいでいると、トイレのドアが開いて沼井が入ってきた。

「ヒッチコックという監督はね」

そう言いながら、彼はおれの背後に立ち、肩甲骨のあたりをさすりはじめた。

「こんなふうに背中に軽く触ってやって、俳優を落ち着かせてやることが、ときどきあったんだって」

仕事柄、映画には詳しいつもりでいるが、それは初めて聞く話だった。

「やっぱり歴史に名前を残す人は、思いやりが違いますね。特にどこかの誰かとはえらい差ですよ」

不二倉の薄笑いを思い浮かべながら応じてやると、沼井はわずかに歯を見せた。

「でもその先があるんだ。背中をさすってやったついでに、ヒッチコックは、そこにそっと張り紙をしておくんだよ。『今日のわたしは二日酔いで目が回っています』とか書いてね。それを見て、スタッフは大笑いするわけ」

撮影前はみんな硬くなっているから、緊張をほぐすためにそんな方法をとっていた、ということらしい。

なるほど言われてみれば、ヒッチコックの映画は、どれもサスペンス色が強烈なわりに、どこか優雅な雰囲気を漂わせている。きっと俳優がリラックスして芝居をしているからなのだろう。

「おれがヒッチコックだったら、折崎さん、あんたに張り紙をしてやりたいね」

「……どんなふうに」

笑い混じりに訊き返したが、おれは少し戸惑っていた。「あんた」という呼称の選び方にかなりの棘《とげ》を感じたせいだ。

「『わたしは役立たずです』って」

おれは思わず沼井の顔を凝視《ぎょうし》していた。

その顔を、沼井は少し後ろに反《そ》り返らせている。明らかにこちらを軽蔑《けいべつ》している態度だ。だから、いまの言葉が軽口や冗談ではなく、彼の本心なのだと知れた。

「そうやってみんなを笑わせる役ぐらいしかできないよ。いまの折崎伸也《しんや》には」

沼井は背を向け、足早にトイレから出て行った。背中が寂しそうに丸まっていた。

4

小野田圭の上司、近藤《こんどう》は、刑事の訪問を受ける。部下が轢き逃げ事件を起こしていたことを知り狼狽《ろうばい》し、かつ上司としての監督責任を問われることを恐れ、何かの間違いだろうと刑事たちに食い下がる……。

「シーン六十四・会社一階ロビー」の撮影は、南雲のことだから、例によって一発でOKだろう。近藤役の彼にとっては最後の撮影となるシーンだが、いつものように、まったく気負うことなく、それゆえに自然と人を惹《ひ》きつける演技を披露しているはずだ。

待つほどもなく控え室の扉が開き、黒縁眼鏡をかけた南雲が入ってきたので、おれは椅子から立ち上がった。

切り出す言葉は準備していたはずだった。しかし、とっさには口を開くことができなかった。「俳優のオーラ」などといういい加減な言葉は嫌いだが、そう表現するのがぴったりな熱気のようなものを、いまの南雲は全身から発散させていて、ちょっと近寄りがたかったせいだ。

「まだいたのかい」

おれの方を見ずに言い、南雲はネクタイを緩《ゆる》めた。ペルシャ絨毯《じゅうたん》を思わせる模様のネクタイだった。スーツはスタジオが所有しているものだが、このネクタイは自前らしい。監督が特に衣装の指示を出さないかぎり、背広着用の場面では、南雲はたいていこのネクタイを締めてカメラの前に立っている。

「ええ。——あの……」

「ちょうどいい。一つ頼まれてくれ」

「何をでしょうか」

「毛染め用のマントがあるだろう。それを持ってきて、わたしに掛けてくれないか」

南雲が化粧台の一つに座ると、出入り口の外で話し声がした。いましがた彼と共演していた刑事役の出演者たちだ。彼らに入ってこられたら南雲と話しづらくなってしまう。そう心配したのだが、次の仕事が待っているらしく、二人は廊下からおれたちに挨拶してきただけで、そのまま素通りしていってくれた。

マントを準備して南雲の首に掛けたあとは、メイク用の鋏《はさみ》と櫛《くし》を持てと言われた。

　この時点で嫌な予感はしていたのだが、案の定、南雲が次に放った言葉はこうだった。

「わたしの髪を切ってほしい。理容師の免許に失効の期限というものはないんだろ？」

「ええ、ありません。ですけど……冗談ですよね」

　南雲は鏡の中から表情だけで、いいや、の意を伝えてきた。「床屋さんに行く暇がないのさ。仕事以外にも、いろいろとやりたいことが多くてね。少しでも時間を節約したいわけだ」

「床が毛だらけになりますよ。怒られますって」

「箒《ほうき》と塵取《ちりと》りなら、掃除《そうじ》用具入れの中にあるはずだが」

　抵抗しても無駄なようだ。突風に吹き飛ばされる落ち葉のような気持ちで、おれは鋏の孔《あな》に指を入れた。

「料金はいくらかな。五千円で足りるかい？」

「まさか。受け取れませんよ」

　まずは鋏の刃を天井の蛍光灯にかざしてみた。適度に暗くなるように、手で傘を作りながら、刃の状態を調べてみる。

メイク用とはいえ、理容用のシザーと比べたら、切れ味という点では比較にならないほど鈍《なまく》らだ。もっとも、こちらもまた、かなりのブランクを経《へ》て他人の頭髪を前にする身だから、あまり切れ過ぎる道具を持たされても、むやみに緊張するだけだろう。

「言うまでもないことですが、結果は保証しませんよ」

「承知の上だ」

「どんな髪型にすればいいんですか」

「昔気質《むかしかたぎ》のヤクザに見えればいいよ」

そういえば、南雲がオファーされた次の仕事は、レトロ調の任侠《にんきょう》ものだと聞いていた。

「とにかく短めにしてくれないか。失敗しても構わない。最悪の場合は坊主にすれば済むことだ」

「分かりました。では眼鏡を外してもらえますか」

「……いや、これはかけたままにしておきたい」

「でも、邪魔になって耳の部分を切ることができませんよ」

「……分かりました」

南雲の頭部は、額《ひたい》と後頭部が突き出た、いわゆる才槌頭《さいづちあたま》だった。なるほど、ハイネやらプロキウスやらと、いかにも知識が詰まっていそうな形をしている。

黒髪と白髪の量を比べれば七対三というところだが、これは今回の撮影のために、この割合に染めたものだろう。

左手の中指と人差し指で少しずつ髪の束を取り、鋏を動かし始めた。ブロースと呼ばれる、いわゆるスポーツ刈りのヘアスタイルを作り上げていく。

スポーツ刈りのような細かいカットは、櫛を使わない「直鋏《じかばさみ》」という手法で切っていくのが普通だ。

気がつくと、南雲の目が黒縁眼鏡のレンズ越しに、鏡の中からおれの顔をじっと見つめていた。

「ずいぶん怒っているね」

当たり前だ。社員食堂のシーンを思い返すたびに、カッと目の前が白くなるぐらい憤《いきどお》りを覚えてしまう。

寒い場所で暑がってみせ、見る人にそこを暑い場所だと思わせるのが演技の力だ。演技は〝フリ〟だから演技として成立する。〝本当にやる〟ことに頼ってしまったら演技ではなくなってしまう。おれはそう考えている。

プロキウスとかいう俳優の方法も一つのやり方だと思うが、おれは買わない。実際に不味いものを口にすることでしか不味さを伝えられないのでは、役者として失格だろう。そのような演出を強要されたら、ひどく侮辱されたことになる。事実、仲間だと思っていた沼井からも軽蔑される始末となってしまったではないか。

惨《みじ》めで恥ずかしいこの思いを、どう処理したらいいのか分からなかった。

それに、だ。

おれは髪の毛を払うふりをして、そっと自分の腹部を触った。ここへ食らったパンチの痛みがまだ忘れられない。

南雲はおれを貶《おとし》め、その前は、殴りさえしてきた。ここから導き出される結論は一つだった。おれは先ほど言いそびれたことを口にした。

「南雲さんも、おれに怒っていますね」

彼はおれの何かに憤慨《ふんがい》し、制裁を加えてきたのだ。

「無論だよ」

「理由は何です」

「とぼけなくていい。きみが一番分かっているだろう。——今回の撮影で、きみが下手な演技をしているからに決まっている。わざとな」

やはり南雲には見抜かれていたか。

「一生懸命やって上手くいかなかったのなら、わたしも文句は言わない。だが、きみが今回の仕事でやっているのは、どう見ても故意の失敗だ。きみの非常識な振る舞いのせいで、スタッフの全員が迷惑をしているわけだ」

反論はできない。リテイクのたびに、カメラも照明もメイクも、本来なら必要のない緊張と努力を強いられてきた。この罪がどれほど深いかは、自分でも分かっているつもりだった。

「いや……」南雲は視線を下に向け、マント上の頭髪を床に落とした。「わざと、という言い方は正確ではないだろうな」

一度に指に挟むのは髪束の幅で二十ミリにしろ。そう理容学校では教わった。多すぎると真っ直ぐに切れず、少ないと切ったあとのバランスが崩れる……。

ずいぶん勝手だが、おれはもう南雲の話を聞きたくなかった。だから、散髪に集中することに努めた。

「たぶんきみ自身は一生懸命、小野田圭になろうとしているはずだ。だが、折崎伸也という俳優の中にいるもう一人の折崎伸也という代役が、それを邪魔している。言ってみれば、きっとそんな感じだろう」

ショートにする場合は、サイド、後頭部、逆サイドの順に切る。この場合、左指に挟む髪は頭皮に対して垂直に、ほぼ真横に引っ張り出してカットする……。

「その迷惑な代役がわざとＮＧを連発する意味は何か。いろいろ考えてみたが、自然だと思える答えは一つだ」

頭頂部に移ったら、今度は髪を真上に引き出して切るようにする……。

「つまり、きみは恐れているんじゃないのか。――自分が小野田圭に近づいていくことをね」

疲れてきた。腰を落とし、体の重心を意識するようにする。上体がふらふらしていれば鋏の動きもぶれてしまう……。

「では、なぜ恐れる必要がある？　これについても、無理のない答えが一つだけあるんだよ」

仕上げに入った。後ろの髪は指で縦にすくって毛先を細かくカット。サイドの下は耳に沿って整えていく……。

「もしかしたら俳優折崎伸也は、彼が演じる小野田圭という架空《かくう》の人物がやったのと同じ罪を、実生活の中で犯しているんじゃないのか」

おれは鋏を持つ手を止めた。カットがほぼ完了したからだが、手が震えてしかたがなかったからでもあった。

刈り上がったブロースの形を確認するため、南雲は鏡の中で首を左右に動かし始めた。

「いい腕だ。満足だよ。きみに頼んでよかった」

何か返事をしようとしたが、口の中が乾き、舌も妙に粘ついていて、声を出すことができなかった。

「それに安心した。この腕前なら、役者を辞めても、きみは食べていけるからな」

椅子から立ち上がってマントを取り、首筋を払いながら、南雲は控え室に隣接するロッカー室へといったん姿を消した。

その間におれは携帯電話を取り出し、旧知の俳優仲間である伊野木亘、二宮譲、原島コージの三人に、次々と電話をかけていった。

向こう数日間のスケジュールが空いているのは、最後に連絡した原島だけだった。おれなどの意向がどれほど反映されるか分からないが、あとでプロデューサーに連絡し、こっちが降板したあとの小野田圭役には、彼を推薦しておこう。

そんなことを考えていると、ロッカー室から南雲が戻ってきた。

撮影用のスーツから自前のそれへと着替えた彼は、内ポケットに手を入れ、黒い革製の長財布を取り出した。五千円札を一枚、おれの方へ差し出してくる。

「さっきも言いましたが、受け取れません」

「散髪代じゃないよ」

「だったら何ですか」

「タクシー代さ。きみにはこれから出頭しなければならない場所があるだろうし、おそらく自分の車は使えないだろうからね。――そんなに心配するな。罪をつぐなったあとは、またわたしのところへ訪ねてくればいい」

第五章　白紙の応援歌

1

待ち合わせの場所である喫茶店に入り、店内を見回してみた。まだ水沢《みずさわ》は来ていないようだ。

隅《すみ》っこにある二人がけのテーブルが空いている。

「カプチーノ一つ」

ウエイトレスに声をかけながら、わたしはそのテーブルへ向かい、手前側の席に腰を下ろした。

普通、奥まった席が上座だから、本来ならわたしはそっちに座るべきだ。わたしは俳優で、水沢はマネージャー。彼の方が二つばかり年嵩《としかさ》だが、立場で言えば、どうしてもわたしの方が上ということになる。しかし、職業が職業だけに、おいそれと一般人に向かって顔を晒《さら》すわけにはいかない。

わたしは座るとすぐに、折り畳み式の小さな鏡を取り出し、テーブルに置いた。

続いて、ここへ来る途中、コンビニで買い求めたバイクの雑誌を開く。

雑誌を数ページ捲《めく》ったあと、鏡を覗《のぞ》き込んだ。

そしてふたたび雑誌に目をやり、また鏡と向き合う。

そんな動作を繰り返していると、

「お待たせしました」

ウエイトレスがカプチーノを運んできた。

「ありがとうございます」

短く礼を言いながらも、わたしは雑誌と鏡から目を離さなかった。ウエイトレスが向けてきた不審の眼差しをうなじのあたりに感じつつ、わたしは念じ続けた。

――開け。

向かいの席に誰かが座った。水沢に違いなかったが、わたしは顔を上げなかった。

「お待たせして申し訳ありません」

水沢の声は額《ひたい》のあたりで受け、こっちも来たばかりだよと軽く応じて、わたしは〝鏡と雑誌のサイクル〟を続けた。

「二宮《にのみや》さん、何をしているんですか」

「開こうと思ってさ」

「何をです？」

「瞳孔《どうこう》」

先日、あるドラマに小さな役で出演した。共演者は、アクターズスクール時代の恩師でもある南雲草介《なぐもそうすけ》だった。その際、南雲にちくりと言われたことがある。

――プロの役者なら、瞳孔の大きさを自由に調節できなきゃ駄目だよ。

「瞳孔でしたら、興味のあるものを見れば開く、とよく聞きますが」

そう。だからバイクの雑誌を買ってきた。ホンダのCBX400Fや、ドゥカティのハイパーモタード796など、事務所が許してさえくれれば、いますぐにでも買いたいマシンが幾《いく》つか載っている。

だが、これらのバイクを目にしても、わたしの瞳孔は小さく閉まったままだった。

注文を取りにきたウエイトレスに「レモンティーをお願いします」と告げてから、水沢はテーブルの上に何かを置いた。よく見ると封書の束だった。数は十通ぐらいか。

「先月の一か月間で、二宮さんに届いたファンレターです」

わたしは相変わらず雑誌と鏡を交互に見比べたまま、その束を受け取り、バッグの中に放り込んだ。

「それから、これがいま読んでいただきたいシノプシスですね」

続いて水沢は、A4の用紙を何枚かホチキスの針でまとめたものを出してきた。

水沢とは、事務所が借りてくれたマンションで同居している関係でもあった。だからわざわざ喫茶店で会うこともないのだが、わたしはオンとオフの区別はきっちりつけておきたいタイプの人間だ。仕事の話は、こうして外でするのが常だった。

「いますごく売れている脚本家が書いたものです。二時間枠の単発ドラマで、撮影は来月中旬からの予定になります」

わたしは諦めて鏡と雑誌から顔を上げ、水沢が出してきたシノプシスとやらを手に取った。それをぱらぱらと捲りながら、もう三年の付き合いになるマネージャーに言った。

「警察ものか、これ」

「そうです。正確には警察学校ものですが。甲本《こうもと》と真鍋《まなべ》という二人の学生が登場しますけれど、そのどちらかの役を選んでください」

「ちょっと待った」わたしはシノプシスを放り出した。「この手のオファーは断ってくれといつも言ってるはずだよね」

警察ものは多く作られ過ぎている。視聴者にしてみれば、どれがどれやらの状態だ。だから、いくらこのジャンルに出演していい演技をしたところで、ほとんど誰の記憶にもとどめてもらえないことになる。それがわたしの考えだった。

「どんなにありきたりな話でも、ミザンセヌ次第で新しいものになります」

「訳の分からない言葉で煙《けむ》に巻くなよ」

「ミザンセヌぐらいお分かりでしょう。腐ってもプロの俳優なんですから」

たしか「演出」とか「画面に映るものすべて」とかいった広い意味の言葉だ。きっといま水沢は前者の意味で使ったのだろう。だったら「演出」でいいだろうに。

「そもそも『若手の花道』なんてタイトル、ダサすぎでしょ」

水沢はテーブルに手を伸ばし、こっちが放り出したシノプシスを丁寧にそろえ直した。

「二宮さん」

その改まった静かな口調に軽く気圧《けお》され、わたしは椅子の背に投げ出していた上半身をわずかに起こした。

「いい方法がありますよ」

「……何のこと？」

「ですから、瞳孔を開かせる方法です。いいですか、このあたりを摘《つま》んでみてください」

水沢は右手を上げ、それを自分の首の後ろへやった。

「何かに驚いて毛が逆立《さかだ》つ、といった経験をたまにするでしょう。そのとき、首筋の毛の生え際あたりがぞぞっとしますよね。そのあたりを摘むんです。そうすると瞳孔は開きます」

「……本当に？」

「ええ。ここを刺激すると、アドレナリンが出るんです。すると人間の体は、周囲をもっとよく見るために光を取り入れようとします。だから開くんです」

わたしは鏡に向かって、いま水沢が言ったとおりにやってみた。たしかに黒目の部分がわずかに直径を増したように見えた。

「これで気が済みましたか。済んだら、シノプシスを読んでください」

運ばれてきたレモンティーを一口だけ啜《すす》ったあと、水沢は二人分の伝票を持って立ち上がった。

「では、わたしは他用がありますから、これで失礼します」

去っていくマネージャーの姿を鏡の中でしばらく追いかけたあと、わたしは溜め息を一つ吐き出し、もう一度薄い紙の束に手を伸ばした。

ざっと最後まで読み、紙を裏返してみる。

これは売れている脚本家の手になるものだ、といま水沢は言っていた。売れっ子ライターには、この業界――つまり芸能、映画、演劇関係の裏ネタがどっさり集まると聞いたことがある。だったらそういうネタで話を作ればいいではないか。巷《ちまた》に資料が溢《あふ》れている警察ものなど、そこらへんの無名脚本家だっていくらでも書けるのだから。

そんなことを考えながら、紙の裏面にこのシノプシスを作ったライターの名前を探してみたが、それはどこにも記されていなかった。

その代わりシノプシスの最後のページには、シャープペンシルで薄い文字が何やら書き付けてあった。水沢の字だ。

【どっちの役でも、きっとJO《ジョー》のスプリングボードになるよ】

ファーストネームをアルファベットで書かれると、どうも尻のあたりがむずむずして落ち着かない。JOUかJOEならまだしも、最後の一文字を省略されたらなおさらだ。

マネージャーという仕事は、ともすれば役者以上に忙しい。だから画数の多い文字を避けたくなるということか。それとも、仕事仲間でもあるというよしみから、このぐらいの手抜きは許容範囲と考えたか。

おれはシノプシスを乱雑に丸めてバッグに入れた。水沢には悪いが、いくらこうした応援メッセージを受け取ったところで、この新米警察官ものには気乗りがしない。

断ろう。そう気持ちを固め、カプチーノの残りを啜ってから席を立った。

店を出て、水沢と一緒に住む自宅マンションへの帰路につく。

しばらく行くと、通りの向こう側に人だかりができていた。黒い乗用車が一台、歩道に乗り上げるようにして駐まっている。フロントガラスに罅《ひび》が入っているところを見ると、どうやら交通事故があったようだ。

遠くに救急車のサイレン音を聞きながら、おれは人垣に近づき、爪先《つまさき》で立ってみた。

路上に倒れている人物の姿がちらりと見えた。臙脂色《えんじいろ》のジャケットを着ている。さっき水沢が着ていたものと同じ色だった。

2

——じょう。

ふと目が覚めたのは、名前を呼ばれたような気がしたからだ。

いままで見ていた夢には、一つの顔が出てきた。その残像がまだ頭から消えない。

傷だらけの両頬。腫《は》れ上がった左目。そのせいでやたら大きく見える右目。ざっくりと切れて血を流している上唇。不恰好《ぶかっこう》に曲がった鼻梁《びりょう》……。

水沢の顔だった。

二週間前、歩道に突っ込んできた車のフロントガラスで頭を強打してしまったとはいえ、彼が顔に受けた外傷はわずかだった。頬に三本の蚯蚓《みみず》腫れができた程度だ。

――夢ってやつは、何でも大袈裟《おおげさ》にしちまうもんだよ。

以前出演したドラマで、共演した役者がそんな気障《きざ》な台詞《せりふ》を吐いていたのを思い出しながら、わたしはベッドから立ち上がった。

片手で眠い瞼《まぶた》をこすり、もう片方の手でテーブルの上にあった眼鏡をつかむ。壁の時計に向かって目を細めると、時刻は朝方の四時だった。もう三月とはいえ、この時間ではまだカーテンを開けるには早すぎる。

リビングの隣にある水沢の寝室は明かりが点《つ》いていた。先に目を覚ました水沢が、自分でスイッチを入れたらしい。

ベッドに近づいていくと、毛布に包《くる》まった水沢の両目が、じっとこちらに向けられていた。

「さっき、わたしの名前を呼んだか」

この問いかけに、水沢は何ら反応を示さなかった。代わりに、わたしの方へゆっくりと右手を伸ばしてくる。

「どうかしたか」

ベッドに向かって上半身を近づけてやると、水沢の指がわたしの眼鏡に触れた。

「……これ、何？」

「前にも教えただろう。これは眼鏡というもんだ」

「め、が、ね？」

「そう。わたしは近視だから、これがないと物がはっきりと見えない」

細い彼の指が、こっちの顔から眼鏡を外した。

「壊さないでくれよ」

水沢が自分もその眼鏡をかけようとする。わたしはやんわりと彼の手を押しとどめた。

「やめといた方がいいぞ。反対に目が悪くなっちまうからな。そんなことより、トイレに行きたいんじゃないのか」

毛布の下で、水沢は膝《ひざ》を立て、その足をよじらせている。

「うん」

表情を固くして、水沢は立ち上がった。寝室のドアに向かって歩き始めるが、足元が覚束《おぼつか》ないため、肩を貸してやる必要があった。

「もう一回、使い方を教えるよ。こうやるんだ」

まず、わたしが洋式の便座に腰かけ、用を足す仕草をしてみせた。

「終わったら、このつまみを押す」

水を流してみせると、水沢は目を丸くした。尿意などどこかに吹き飛んでしまったかのように、タンクの蓋《ふた》を開け、中を覗いている。

まるで赤ん坊だ。これが、事故で脳にダメージを受けてから十四日が経過した時点における水沢の姿だった。敏腕マネージャーとしてのかつての面影《おもかげ》など、いまはどこにもない。

彼がトイレに入っているあいだ、わたしは何度も欠伸《あくび》を繰り返した。

水沢が入所できるリハビリ施設を事務所が探している最中だが、まだ見つかっていない。彼の両親はすでに他界しているし、兄弟もいないから、回復するまでの世話は、同居人であるわたしが引き受けるしかなかった。

いまはちょうど仕事をオフにしていた時期だからいいが、あと五日もするとドラマの撮影が始まってしまう。そのときまでに水沢の預け先が決まらなければ、わたしはどうしたらいいのか。事務所からはまだ何の連絡もないため、だんだん不安になってきているところだった。

水沢がトイレから出てくると、彼をキッチンに連れていった。

用便に限らず、日常生活のあれこれについて、すでに何度か教えてやってはいた。だが、すぐに忘れてしまうらしく、繰り返しレクチャーし直してやらなければならない。

キッチンの前に立たせて蛇口をひねってみせた。出てきた水をコップに入れ、飲んでみせる。水沢にも同じことをやらせたあと、わたしは冷蔵庫の扉を開けた。

中には果物が入っている。腹が空《す》いたら、ここから出して適当に食べるようにと教え、冷蔵庫の隣にある棚から幾つか食器を取り出した。

「これがフォークとナイフな。危ないから気をつけてくれよ。で、こっちが箸《はし》」

次に、リビングのソファに水沢を座らせ、液晶モニターを指さした。

「これはテレビというものだ。ここに絵が出てきて、それが動くけれど驚くな」

あらかじめ教えてからスイッチを入れると、画面に映ったのは天気予報だった。

水沢がわっと小さく声を上げ、上半身をソファの背凭《せもた》れに押し付ける。

「だから驚くなって。テレビなら昨日も見ただろ」

無理に笑顔を作り、わたしは水沢にリモコンを持たせた。チャンネルの切り替え方を教えながら、端末《たんまつ》の一番上にある赤いボタンを指さしてやる。

「点けたいとき、消したいときは、これを押せばいい」

その言葉を「消せ」と勘違いしたらしく、水沢の指がすぐに赤ボタンを押した。

部屋が静かになると、水沢は目を閉じた。外から聞こえてくる風の音に耳を澄《す》ませているようだった。

3

午後から、わたしはジョギングに出ることにした。次回作の撮影が近づいているため、体形を少し絞っておく必要がある。何より、このまま部屋に留まっていたら息が詰まってしまいそうだった。

これまでの様子から、室外に出さないかぎり、二、三時間なら水沢を一人にしても問題ないだろうと判断した。

眼鏡をコンタクトレンズに換え、ジョギングウェアを着てから、普段、運動時は持ち歩かない携帯電話を懐《ふところ》に入れた。部屋の中に置いておくと、水沢が触ってしまうおそれがあるためだ。

「しばらくテレビでも見ていてくれ。最初と最後は赤いボタンな」

念のためもう一度教えてから、わたしは大事なことに気がついた。水沢の昼食だ。

部屋には食べ物があまりなかった。ジャーの中身は、今朝《けさ》、彼と一緒にすべて胃袋の中に収めてしまっていた。米ならまだ残りがあるが、炊飯器を赤ん坊同然の人物に使わせるのは危険すぎるし、そもそも使い方が分からないだろう。

料理しなくても食べられるものを探したところ、流しの下から缶詰がいくつか見つかった。幸い、どれにもプルタブがついていて缶切りは不要だ。

結局、水沢に昼食として準備してやったのは、鯖《さば》の缶詰、バナナ、りんご、ビスケット、そしてペットボトル入りの麦茶だった。

「すまないが、食うものはこれしかない。でも十分だよな」

「これ、食べられるの？」

キッチンカウンターに置いた鯖缶に顔を近づけ、珍しそうに眺め回す水沢に、「当たり前だ」と応じ、缶の開け方を教えてやった。

「ほかに欲しいものはあるか？」

「かくもの。かみ、ぺん」

「筆記用具だな」

大学ノートを一冊、それに数本のボールペンと鉛筆を水沢に渡してやると、彼の目がわずかに輝いた。

彼は、アイスピックを使うように拳《こぶし》を握《にぎ》り、小指の下からペン先を出すスタイルで、筆記用具を使いはじめた。最初は意味のない図形を描き、それからアラビア数字を書く。そして象形《しょうけい》文字のようなものと、平仮名と片仮名も幾つか記した。

「頼むから外には出ないでくれよ」わたしはドアの方を指さして、水沢の目を覗き込むようにした。「いいか。あそこから出ないと約束してくれ」

そう言って玄関口に向かったわたしの背中を、水沢は追いかけてきた。明らかについて行きたいといった様子だ。

「だからさ、ここから外には絶対に出ないでくれと頼んでいるんだよ」

「……分かった」

「それから、もう一つ」

わたしはいったん廊下に出てから、インタホンを鳴らしてみせた。

水沢は音の出所を探ろうとしているのだろう、上下左右にせわしなく頭を動かしている。

こっちを見ろ、と水沢の注意を引いてから、わたしはもう一度インタホンのボタンを押した。

「これがチャイムだ。誰かが来たってことの合図な。わたしがいないあいだ、これが鳴るかもしれない。だけど、ドアを開ける必要はない。無視するんだ」

水沢が頷いたのを確かめてから、わたしはランニングシューズを履《は》き、外側から鍵をかけた。

4

ゆっくりとしたペースだったが、それでも二キロほども走ると息が上がってきた。

運動不足のせいで足腰がだいぶ鈍《なま》っている。これ以上の無理はせず、そろそろマンションに帰りたかった。しかし、ここからなら、水沢が事故に遭《あ》った現場までそれほど遠くない。

わたしは、普段走っているジョギングコースから外れ、商店街の方へ足を向けた。

二、三分ほどで、片側一車線の道路に出た。

道路の両側には小さな商店が軒《のき》を連ねている。ジョギングウェアでは場違いだが、歩道を行き交う通行人の数はまばらだから、人目はほとんど気にならない。

誰もが早足だった。二週間前のちょうどいまぐらいの時刻に、ここで一人の男が脳に重大な損傷を負ったわけだが、そんな出来事があったことなど、もう覚えている人などいないのだろう。

交差点の角にあたる場所にハンバーガーショップが建っている。その店舗前の歩道で、わたしは足を止めた。

暴走してきた黒い乗用車は、縁石《えんせき》を乗り越え、車道からこの場所へと乗り上げてきて、水沢をはねた。Y自動車のセラノという車だった。

奇《く》しくも、わたしもその車を運転したことがある。もう二年ほど前の話になるが、セラノが発売された当初、若い駆け出しの俳優仲間と一緒にテレビコマーシャルに出演したのだ。無名の役者ばかりを起用するぐらいだから、車のグレードなど推して知るべしで、せいぜい中の下といったところの大衆車だ。そのCMで、わたしは運転手役を務めた。セラノの座席に座った四人の新米俳優のうちでは、幸い、最も目立つ役どころだった。

事故を起こした車を運転していたのは六十代の女性だ。赤信号で止まろうとして、ブレーキとアクセルを間違えて踏んでしまったという。

マンションに帰ろうと、ジョギングを再開しかけたときだった。向こう側から、見知った人影が近づいてくるのに気がついた。

南雲草介《なぐもそうすけ》に違いない。

円熟した俳優はお坊さんに似てくる。そう誰かが本に書いていたのを思い出す。

なるほど、静かな威厳を漂《ただよ》わせた彼の足取りは、修行の途上にある僧侶の姿を感じさせないでもなかった。

「やあ二宮くん、奇遇だね」

黒縁眼鏡をかけた南雲は、そんな言葉を投げてよこしたが、どうもわたしを待ち伏せしていたように思えてならなかった。事故から二週間という節目。発生時刻と同じタイミング。わたしが現場に現れることを、もしかしたら彼は予想していたのではないか。名刑事の役を多くこなしてきた南雲が、実生活でも鋭い勘を持つ男であることは、業界人なら誰もが知っている。

「きみのマネージャー、たしか水沢さんといったかな、事故に遭われたそうだね。まったく気の毒だ」

「命までは落とさずに済んだだけでも、感謝するべきかもしれません」

「そうだね。で、具合はどうなんだい」

「おかげさまで、元気ではあります。幼児みたいに」

口にしてから内心で水沢に謝る。ちょっと冗談がきつかった。

「どんな事故だったんだね。きみなら警察から聞いているだろう。差《さ》し支《つか》えなければ教えてくれないか」

「いいですよ。――本当なら、彼は事故に遭わずに済んだはずなんです」

黒い乗用車は、水沢にではなく、彼のすぐ前方を歩いていた人物に向かって突っ込んできたらしい。その人物は若い男性で、スマホの操作に気を取られ、周囲をよく見ていなかった。

ぶわっと鳴り響いたエンジン音から、車の暴走をいち早く察知した水沢は、その男性を助けようとして駆け出したという。水沢と男性の距離は五メートルほどあったようだ。その短い距離を走り、男性の体を背後から押した。自分も上手く逃れるつもりだったが、間に合わず車と接触、ボンネットに乗り上げ、フロントガラスに前頭部を強打した。

水沢を褒《ほ》めてやりたいと思う。自らを犠牲《ぎせい》にして、まるで見ず知らずの人間を助けるなど、普通はできることではない。

「車が突っ込んできたとき」南雲は顎《あご》に手を当てた。「水沢さんはどのあたりに立っていたのかな」

「このへんらしいです」

ハンバーガーショップの隣に建つ小さな和菓子店。その入り口ドアのあたりを、わたしは手で指し示した。

「ちょっとそこに立っていてくれないか。——スマホの男性はそのあたりにいたんだね」

そう言い置き、南雲はわたしから五メートルほど離れた地点――ハンバーガーショップの前で足を止めた。

自然とわたしの脳裏《のうり》で、事故当時起きたであろう光景がまた再現される。突如《とつじょ》として鳴り響くエンジン音。暴走し、近づいてくる黒い車。前方にいる人が危ない。助けなければ――。

頭ではそう思う。しかし体はどうか。果たして考えたとおりに、この手足は動いてくれるものだろうか。まして、助けようとしている相手は、まったく面識のない人物なのだ……。

しばらくその場に佇《たたず》んでいると、南雲がくるりと体の向きを変え、わたしの方へ戻ってきた。

「もしよかったら、これからちょっとお茶でもどうだい」

わたしは腕時計に目をやった。部屋に独りで残してきた水沢を思う。マンションを出てから、まだ三十分も経っていない。もう少しなら道草を食っても大丈夫だろう。

5

南雲の前に立ち、喫茶店のドアを押した。二週間前、水沢と会った店だ。

今日も隅っこにある二人がけのテーブルに向かう。先輩の南雲には奥の席に座ってもらい、わたしは前回と同じように手前の椅子を引いた。

南雲は紅茶党のはずだが、今日はなぜかホットコーヒーを注文した。わたしは例によってカプチーノを頼んだ。

「それで」腰を下ろすなり、南雲はテーブルに肘をつき、わたしの方へ体を傾けてきた。「出演は決めたかい」

「何の話ですか」

「水沢くんからシノプシスを渡されていただろう」

あの酷いタイトルの警察もの――『若手の花道』のことか。

「あれには、わたしも教官役で出ることになっているんだよ。だから共演者が誰になるのか気になっていてね」

「あまり出る気にはなれません。水沢さんは『ミザンセヌ次第でよくなる』と言っていましたが」

「ミザンセヌか。素敵な言葉だな。第一、便利このうえない」

「わたしはそうは思いませんね。お言葉ですが、どこが便利なんですか。こんなの、ぼんやりしていて定義のいい加減な業界用語じゃないですか。『演出』なのか『画面に映るもの全部』だかはっきりしてほしいですよ」

けさ」

「この言葉には、画面に映らないものも含まれるんだよ。つまり作品に関係するものすべてだ。だから役者だけじゃなく、マネージャーもミザンセヌの一部というわけさ」

「……え？」

「違うな」

水沢自身も、ということか。

「ごく乱暴に言ってしまうと、『人と人、モノとモノ、人とモノは助け合わなければ作品は完成しない』――そうこの言葉は教えているわけだ。それだけの教えをたった片仮名五文字で言えるんだから、こんなに便利な言葉はないだろう」

南雲がわたしに向けている視線に、ほんの少し熱がこもったように思えたとき、コーヒーとカプチーノが運ばれてきた。それらをテーブルに置きながら、ウエイトレスは、ちらちらと南雲の顔に視線を当てている。目の前に座っている客がはたして本物の南雲草介なのか、それともただのそっくりさんなのか、はかりかねているようだった。

結局判断がつかなかったらしい。ウエイトレスがどっちつかずの表情で去っていくと、南雲は、

「いまきみが、熱いコーヒーを冷ましたいとする」

ふいにそんなことを口にし始めた。

「五分後にできるだけ冷たくね。その場合、きみならどうする？　次の二つの手段のうち、どちらかを選んでほしい」

「その一、冷たいミルクを注いで、五分待つ」

そう言いながら、南雲はミルクピッチャーの把手《とって》に指をかけ、自分のカップにミルクを注ぐジェスチャーをしてみせた。彼ほどのベテランになると、一瞬一瞬の動きが整っているから、小さな所作でも映画のワンシーンを見ているような気にさせられてしまう。

「その二、五分待ってから冷たいミルクを入れる」

「なるほど、面白い質問ですね」

わたしは何度か頷きながら、ゆっくりと椅子の背凭れに体を預けた。上辺《うわべ》では平静を装《よそお》っていたが、内心では慌てていた。どっちが早く冷めるか、だと。習った覚えもなければ、考えたこともない問題だった。

「その一、だと思いますが」

勘だけを頼りに答えたあとは、当たってくれよと祈った。一年も通わずに中退したとはいえ、大学では理学部に籍を置いていた身だ。外したら格好がつかない。

「残念だね。正解はその二だ。冷める速さは、冷えるもの——この場合はコーヒーだね——と、その周囲にある冷やすもの——この場合は空気だ——との温度差で決まってくるんだよ。ニュートンによる冷却の法則というやつさ」

要するに、温度差が大きいほど冷え方が大きいということだ。したがって、初めにミルクを入れてしまうと、温度差が小さくなってしまう。ゆえに時間当たりの放熱量も少なくなり、結局全体としての冷え方が小さくなるというわけだ。

そう解説を加えてから南雲は、今度こそ本当にコーヒーにミルクを入れ、スプーンでゆっくりとかき混ぜた。

「まあニュートン云々《うんぬん》は余談だけれど、我々役者も早く冷めることが重要だね。一つの仕事を終えたとしても、どうしても体に熱気が残っている。次の役に取り組むには、その熱をできるだけ早く外へ逃がしてやらなくちゃいけない」

たしかに、それはいつも感じていることだ。

「そのためには、仕事を離れて現実の生活に戻るのが一番だ。水沢さんには気の毒だが、今回の事故は、きみにとってはいいクールダウンの機会になるはずだよ」

南雲はコーヒーを一口啜ったあと、苦笑いをしてみせた。

「やっぱり好きになれないな、この飲み物は」

「だったらどうして注文したんです？　たしか南雲さんは紅茶党でしたよね」

「ああ。だけど、いまコマーシャルに出ているもんでね」

そう言って南雲は、コーヒー豆輸入大手の企業名を口にした。言われてみれば、そのCMを一度だけだがテレビで目にしたことがある。

「別に契約で縛られているわけではないけれど、いちおう義理というものがあるだろう。そのCMが流れているあいだは、宗旨《しゅうし》替えをすることにしたのさ」

その瞬間、分かったような気がした。赤の他人を助けようとした水沢の本心が。

あのとき彼の関心は、人よりも自動車にあったのではないか。

Y自動車のセラノ。二年も前とはいえ、わたしがコマーシャルに出演した商品であることに変わりはない。CM契約はとっくに切れているが、その車が人をはねたとなれば、宣伝をした俳優のイメージはどうしても低下する。

事故の直前、水沢の脳裏に去来《きょらい》したのは、そうした懸念《けねん》だったのではないか。一人のマネージャーが守ろうとしたのは赤の他人ではなく、自分が担当する俳優だったのでは——。

「ありがとうございます」

おかげで水沢の心意気が理解できた。その礼を、わたしは南雲に述べた。

「なに」

ここで南雲は黒縁眼鏡を外した。

「実はわたしも昔、同じようにマネージャーから助けられているんだ。不思議な偶然だが、今回のきみと何から何までまったく同じようにね」

「……マネージャーから？　友寄《ともより》さんにですか」

「ああ。彼の歩き方を知っているだろう」

少しだけ左足を引き摺《ず》るように歩くのが特徴だ。原因については、自動車事故に遭ったせいだと耳にしていた。そして南雲も最初のCMの仕事は車だったとも聞いたことがある。

「かれこれ三十年も前にわたしがCMで関わった車があってね。その四代目のモデルが、人をはねそうになった。十年ぐらい前のことだ。その事故を防ごうとしたんだ。——じゃあ、先に失礼するよ」

黒縁眼鏡をかけ直し、伝票を摑んで、南雲は立ち上がった。

自分がいかに周囲の人から支えられているか。そのあたりがよく見えなくなっていたことを恥じながら、わたしは水沢に渡されたシノプシスを頭に描いた。

——【どっちの役でも、きっとJOのスプリングボードになるよ】

思い返してみれば、まだ制服を着た警察官の役はやったことがない。タイトルの拙《つたな》さにさえ目をつぶれば、チャレンジしてもいいかもしれない。

そんなことを思いつつ、わたしはまだ熱いカプチーノを少しだけ啜った。

第六章　湿った密室

1

ぼくは学生服のボタンを外した。拳《こぶし》を握《にぎ》り締め、ボクシングのファイティングポーズを取りながら息を詰める。

先に動いたのは、ぼくの傍《かたわ》らにいた不良学生Aだった。主役の南雲草介《なぐもそうすけ》に飛び掛かる。

南雲はそれを何なくかわすと、Aはセットの花壇に頭から突っ込んでいった。

Aの上げる呻《うめ》き声を聞きながら、ぼくはさらに息を詰め、そして距離も詰めていった。拳の位置を上げ、革靴を履《は》いた足で軽快にステップを踏み始める。ぼくに与えられた役——不良学生Bは、「体は小さいがボクシングの経験がある」という設定だ。

南雲はまったく表情を変えず、息も乱すことなく、花壇の前で直立している。普段はまるで冴《さ》えない定年間近の高校教師。だが実は、武芸百般に通じた無敵の男で、荒れた学校を立て直すために教育委員会の特別な部署から派遣された秘密のエージェント。そんなB級劇画的な設定の主人公を、どうして南雲のようなランクの高い役者が演じる気になったのかは知る由《よし》もない。

理由はどうあれ、このベテラン俳優は、劇場にはかからないこうしたビデオスルー作品に出る場合でも、手を抜くということはまったくないようだ。底冷えのするような彼の目を見れば、それがよく分かる。あれは、真剣に役と向き合っている俳優でなければ出せない光だ。

ステップを止め、息を吸った。同時に、南雲を目がけて飛び掛かる。

南雲が半身になりながら、左足を上げた。

ぼくは、突き出された彼の膝《ひざ》を腹で受けたあと、空中で一回転しながら、並べられている造花のプランターを飛び越えていった。その向こう側に敷《し》かれたマットの上で、身を丸くして横転し受け身を取る。

監督がOKの声を張り上げる直前に、南雲が一瞬だけこちらを見たのは、ぼくがリハーサルとは少し違ったアクションを取ったことに気づいたせいかもしれない。

その南雲にマネージャーの友寄《ともより》が近寄っていった。ツルの太い黒縁眼鏡を手渡す。

　脳梗塞から回復したようではあるが、視力は落ちてしまったままなのか。病に倒れる前まで、南雲は眼鏡を必要としていなかったはずだ。

とはいえ、いま彼がかけた眼鏡に、どう見ても度は入っていないようだ。すると視力矯正ではなく、単にライトの強い光をカットするために装着しているものかもしれない。

　南雲はぼくの方へ歩み寄ってきた。

「怪我《けが》はないかな」

「大丈夫です。──すみません」

　引き起こしてもらい、頭を下げると、南雲に軽く肩を叩かれた。

「きみは体のバネが強いな。だから動きが美しく見える。これからもずっと共演できるよう願っているよ」

「ありがとうございます」

「伊野木《いのき》くん」

　校庭のセットを出たあと、スタジオの隅《すみ》で誰かに呼び止められた。薄暗いせいで相手の顔がよく見えなかったが、やや甲高《かんだか》いその声には聞き覚えがあった。天野《あまの》に違いない。

「あ、どうもお世話さまです」

とりあえずそう応じてから、改めて相手の顔を注視し、そこに立っているのがやはり天野部長であることを確認した。

「ご無沙汰《ぶさた》していましたっ」

以前、生活の苦しさから、ついひったくりに手を染めてしまった。警察に捕まったあと、被害者が誰なのかを知らされ、かなり驚いた。世話になっている殺陣師《たてし》の妻だったからだ。そんな事情があって、事件は表沙汰《おもてざた》にならなかったため、まだこの仕事を続けることができている。

あれから三半年、心を入れ替えて自分なりにアクションの研究だけに専心してきた。結果、南雲のような名のある先輩に褒《ほ》められるまでに至った。

そんなわけでつい舞い上がっていたところだから、天野への返事は必要以上に大きな声になってしまった。

「さっきのシーンを見せてもらったよ。相変わらず元気にやっているから安心した」

「おかげさまです」

「リハーサルのときとは、動きが違っていたね。特に顔の角度が」

そのとおりだ。南雲に投げ飛ばされる前に、ぼくはそれとなくカメラの方へ顔を向けたのだ。気づいたのは南雲だけではなかったようだ。もっとも、天野は撮影所の俳優部長として、ありとあらゆる役者の演技を長年間近で見ているわけだから、それぐらいの眼力《がんりき》は備えていて当然なのだが。

「同じようなことを、わたしも昔、よくやったよ。やられ役、斬られ役だって、俳優には違いない。お客さんに顔を見てもらってなんぼの商売だからね」

天野も二十年前までは、この撮影所に所属する大部屋の俳優だったという。いまは五十ぐらいだろうから、三十歳前後で役者業に見切りをつけたということか。

「しばらくぶりだが、伊野木くんは全然変わっていないな。百六十三センチ。体重五十六キロ。きみを採用したときのプロフィールにある数字のまんまだね」

「はい」

二十八歳ともなれば、どうしたってもう身長は伸びないだろうが、体重と体形は別だ。節制しなければ、たちまち役者として通用しなくなるおそれがあるから、食生活と運動には十分に注意を払っている。

「体脂肪率は十二パーセントぐらいかな」

天野が口にした数値は、先日、自宅の体重計を使って自分で測った結果と、見事に一致していた。これも長年のあいだに培《つちか》った眼力のなせる業《わざ》か。

「ところで伊野木くんは、人から『女っぽい体つきだ』と言われたことはあるかな?」

「ありますね」

「そうか。じゃあ、自分が女性だと思って立ってみてくれないか」

やや戸惑ったが、まがりなりにも役者だから、この手の申し出には慣れている。

とりあえず体が動くままに、膝を内股気味にし、腰を捻《ひね》り、しなをつくってみた。

やっているうちに恥ずかしくなってきたが、こちらを見つめる天野の表情は真剣だった。

視線に熱をこめたまま彼は言った。

「伊野木くん、主役をやってみる気はないか」

2

その日の夕方、一日の撮影がだいたい終了したころに、ぼくはDスタジオへ向かった。

そこで寺尾健児《てらおけんじ》に会うように、というのが天野の指示だった。

――きみがよければ、二代目のハニージャックになってもらいたいんだ。

今日の昼間、天野から言われた言葉に、正直なところ、ぼくは落胆を隠せなかった。

ハニージャックか。特撮ものの巨大女性ヒーローだ。たしかに「主役」ではあるが、全身着ぐるみだ。当然、自分の素顔はマスクに隠れて画面には映らない……。

薄暗くて天井の高い建物の内部には、特撮専用スタジオらしく、油や薬品の臭いが漂《ただよ》っていた。体調の悪いときにうっかり訪れたりすると、吐き気を催《もよお》すこともある場所だ。

中央部には、大きなミニチュアセットが置いてある。明日の撮影に備えてか、頭にタオルを巻いたスタッフが、ビルとビルの間にしゃがみ込み、せっせと壁面に色を塗っていた。

道路に置いてある車の大きさからして、縮尺はどれぐらいだろうか。あの車と同じぐらいのプラモデルを、中学生のころに作った記憶がある。それが、たしか二十四分の一だったから、このセットもそれぐらいのスケールだろう。

スタジオの一角は衝立《ついたて》で仕切られていた。その向こう側には、マットやトランポリンが置いてある。一方の隅にはウエイトトレーニング用の機器も見えた。ここはスタントマンやスーツアクターがアクションの練習をするための場所らしい。

衝立から中を覗《のぞ》くと、もう一方の隅には粗末な机とパイプ椅子が数脚あり、そこに寺尾健児が座っていた。

赤地に銀色のラインが入ったスーツに下半身だけを入れている。背中のジッパーから出した上半身は、インナーが軽く汗ばんでいた。いままでこのスーツを着て撮影をしていたのかもしれない。手にはハニージャックのマスクを持っている。

「失礼します」ぼくは衝立の内側に足を踏み入れた。「伊野木といいます」

「やあ、いらっしゃい」

寺尾はこちらに体を捻り、浅黒い顔に柔らかい笑顔を浮かべた。

「話は天野さんから聞いているよ。——よかった、二代目の候補が見つかって。わたしも今年で四十だ。さすがに体がきつくてね」

寺尾は腕を背中に回し、腰のあたりを自分で叩いたあと、机の上を指さした。そこにもハニージャックのスーツが置いてある。

「これ、ジャックの予備スーツだけど、入ってみるかい？」

「はい」

触ってみたところ、ずいぶんと硬くて動きづらそうだ。

「こんなにごわごわしているんですか。ポリエステルかウールで出来ているのだとばかり思っていましたが」

「それはステージショー用のスーツだね。撮影で使うのとは完全に別物だから、言ってみれば偽物だ。こっちの本物は、ウエットスーツが元になっている。水に入るシーンもあるから」

寺尾の手が、予備スーツのジッパーを開けた。

「いままで、こういう特撮もののスーツを着た経験はあるのかな？」

「ありません。まったく初めてです。スーツの中には、どんな格好で入ればいいいんでしょうか」

「決まりはないんだ。スーツアクター一人ひとりが自分に合ったやり方を経験の中から見つけていけばいいんだよ」

とりあえず上着とズボンを脱いで、Tシャツにボクサーショーツという姿になり、スーツに入って、手足を動かしてみた。思ったより自由がききそうだ。ただ、ぴったりとフィットしているわけではないから、体のあちこちで擦《す》れが生じていて、お世辞《せじ》にも快適な着心地とは言えなかった。

「もしジャックを演じるのであれば、次の撮影までのあいだに、伊野木くんの体に合わせたスーツが出来上がって来るはずだよ。スペアを含めて何着か準備してもらえると思う。わたしも三つ作ってもらった。——どうだい。やれそうかな」

「はい。何とか」

「誰でも最初はそう言うんだ」

寺尾の目つきが急に厳しくなった。

「でもね、顔にマスクを着けると印象ががらりと変わるんだよ。急に視界が悪くなって、密室に閉じ込められたような感覚に襲われる。最初はちょっとした恐怖を覚えるはずだ」

「……それを着けさせてもらってもいいでしょうか」

寺尾が手にしたマスクに、ぼくは視線を当てた。

「いや、いまはやめておいた方がいい。これもわたしの顔に合わせて作ってあるから、装着するのは、ちょっと難しいんだ。無理に着けると、顔の皮膚が擦れて炎症を起こす場合もあるんでね」

「分かりました。――では、もうしばらく、ここでスーツに慣れていってもいいですか」

「ああ。わたしは先に帰ってもいいかな。その予備スーツは五番倉庫に返しておけばいいから」

寺尾は、「5」とシールの貼られた鍵を、ぼくの手に握らせた。

「鍵をかけたあとはどうすればいいんですか」

特撮の部署で仕事をしたことがないから、そのあたりの慣習がよく分かっていない。

「守衛さんの詰め所に持っていけばいいよ。でも、今日の守衛さんはたしか新米の人だから、どこの鍵なのか分からないかもしれないな。念のため『スーツ倉庫のです』とひとこと断っておいてもらえるかな」

「分かりました」

　ジャックのスーツを着たまま、寺尾は出て行った。

　――一度スーツを着てみて、やれると思ったら承諾してほしい。前向きに検討してくれないか。

　そう言っていた天野に対する返事はもう決まった。「精一杯やらせていただきます」だ。

　ぼくは一人で動きの練習を重ねた。『ハニージャック』はそれほど質の高い番組ではないようだが、玩具の売れ行きがいいので、まだ当分は続くらしい。あと何話分撮影することになろうとも、最後までやり通せる、という自信が早く欲しかった。

　寺尾が出て行ってから十五分ほど経《た》っただろうか。スーツが汗で濡れてしまう前に脱ぎ、服を着てからDスタジオを出た。

「誰か、いませんかっ」

　そんな大声を耳にしたのは、ジャックのスーツを抱えて五番倉庫を目指している途中のことだった。若い男の声だ。かなり切迫している様子だったため、ぼくは声のした方へ走り出した。

撮影所内の通路は、両脇に照明が等間隔に並んではいるものの、けっして明るくはない。その淡い光の中に、二つの人影が浮かんでいた。

一人は守衛の制服を着ている。もう一人は地面に横たわっていた。

近寄って初めて、倒れている方の人物が天野だと分かった。頭から血が出ている。口からは唾液《だえき》が垂れていた。目は虚《うつ》ろだ。

「何があったんですかっ」

そう訊《たず》ねるつもりだったが、予想外の事態に動転してしまい、声が出てこない。

「倒れていたんです。ここに、この人が」

そう言いながら、守衛が泣きそうな顔を向けてきた。見慣れない顔で、ぼくよりも二つ三つ若い男だ。胸につけたネームプレートには「下柳《しもやなぎ》」とある。寺尾の言っていた新米とは彼のことだろう。天野を「この人」としか表現できないのは、まだ撮影所に出入りしている人の顔と名前が一致していないからに違いない。

「だから、どうして倒れていたんですか」

ぼくが詰め寄るようにして訊ねると、新米の守衛はぶるぶると小刻みに首を振った。

「分かりませんよ、そんなこ――」

下柳が途中で言葉を切ったのは、天野が震える手で彼の制服を引っ張ったからだった。何か言おうとしているようだ。

下柳が天野の口に耳を近づけた。怖がりながらも、反射的にそうした、という動きだった。

「は……い……き」

天野の口から漏れた声は、そんなふうに聞こえた。

ぼくは、天野と下柳の前からいったん離れ、五番倉庫へ走った。

もしかしたら、そこに応急セットがあるような気がしたからだ。天野の出血を少しでも抑えなければ、と思ったのだ。カッターや火薬を頻繁《ひんぱん》に使う特撮の現場では怪我《けが》が多い。撮影の際には常に救急箱が用意される。

持っていた鍵で扉を開け、中に飛び込んだ。

ここはほとんど『ハニージャック』専用の倉庫といってよかった。この番組にはこれまで、二十四体の怪獣と、五体の宇宙人が登場しているらしい。モンスターの着ぐるみが、あるものは長いハンガーラックに並んで吊《つ》るされ、あるものは壁に立てかけるようにして、そしてあるものは床に無造作に放り出されてある。

それらを掻《か》き分けるようにし、倉庫の奥に進むと、思ったとおり、棚の上に、赤い十字マークの描かれた白い箱が載っていた。

箱を開け、脱脂綿や包帯、その他止血に使えそうな道具が入っていることを確かめてから、ぼくは天野と下柳がいる方へ急いで戻った。

3

駅の改札口を出て、撮影所に向かって歩いている途中、携帯電話のコール音が鳴った。ぼくは肩掛けバッグの中に手を突っ込み、スマホを取り出した。端末のモニター画面に表示された名前は父親のものだった。

《いま何をしている?》

受話器から聞こえてくる声というものは、どうも当てにならない。電話だと愛想が悪いのに、直接会ってみると実は感じのいい人がいる。ぼくの父もそういうタイプの人間だった。

「出勤の途中だよ」

《そうか。この前のやつ、観たぞ》

重い病気から回復したばかりの父は、嗄《か》れた声でビデオスルー作品の名前を口にした。教育委員会から派遣されたエージェントという劇画じみた役で、あの南雲草介が主演している作品だ。ぼくも不良学生の役でキャストの末席に名前を連ねている。
　昨日、ソフトが発売されたばかりだった。ぼくが南雲に飛び掛かるシーンを撮影したのが、わずか半月前だ。あれから二週間足らずで商品として流通してしまうと知ったら、父はきっと驚くだろうが、同時に、作品をお手軽な安っぽいものだと感じてしまうかもしれない。だからよけいなことは教えないでおいた。
《しっかり顔が映っていたな。おまえの意気込みは伝わってきたよ》
　当初、ぼくが役者を目指していることに難色を示していた父も、最近になってようやく態度を軟化させてきたところだった。
《次の出演予定は決まっているのか？　どんな映画に出るんだ》
　今度は、学校が舞台のコメディ作品に出演する予定になっていた。ぼくの役どころは「学校を辞め、もっと給料のいいスポーツジムのインストラクターになろうとしている体育教師」というキャラクターだった。
　わずかだが台詞ももらえたし、運よく編集で切られなければ、顔がアップになるシーンもあるはずだ。そんなわけで「面だけは傷ものにするなよ」と俳優部の次長からきつく言い渡されている。
《これから、それの撮影か？》
「いや、今日はリハーサルだけ」

《そうか。楽しみにしてるぞ》

父との電話を終えたあと、ぼくはしばらくその場に立ち止まっていた。

体育教師役と並行して、ハニージャックの仕事もすることになっている。

学園コメディのクランクインはまだ先だ。いま父に告げた「今日のリハーサル」とは、ハニーのアクション指導を寺尾から受けることを意味していた。だが、スーツに入る件に関しては、どうしても父に正直に伝えることができなかった。顔の出ない仕事は役者としての敗北――そういう認識が、まだ自分の中で払拭《ふっしょく》しきれていないらしい。

大部屋のロッカーに荷物を置いたあと、ジャージに着替えて守衛室へ向かった。

「五番倉庫の鍵を貸していただけますか」

そう告げてから気づいたのだが、窓口にいたのは下柳だった。

「どうぞ」

「ありがとうございます」

交わした言葉はそれだけで、鍵を受け取ると、ぼくはすぐに守衛室の窓口から離れてしまった。

二週間前、天野が何者かに殴り倒され、地面で頭を打つ事件があった。意識不明のまま病院のベッドに横たわっている俳優部長の容体《ようだい》はもちろん心配だが、犯人がいまだに捕まっていないことも気がかりだ。

それはそうと、あれ以来、下柳の態度がどうもよそよそしい。理由は分からないが、さっきも、ぼくとはできるだけ目を合わせようとはしなかった。

五番倉庫には、ぼくの体形に合わせて作られたハニージャックのスーツがずらりと並んでいた。専門の業者に外注し、全部で十着をまとめて製作してもらった。一着ずつ別々に作るとなると、温度や湿度の違いで、色に微妙な差異が生じてしまうという。ぼくなどはだいたい同じカラーであればいいじゃないかと思うのだが、監督がうるさ型で、そういう細かいところに拘《こだわ》っていた。

何度か着てみたが、出来はなかなかよかった。素材は軽い特製のゴムで、断面を見ればごく小さな気泡が入っていることが肉眼でも分かる。それだけに傷《いた》みは早いはずだが、十着も準備してあれば問題はないだろう。

スーツ一着とハニージャックのマスクを持ってDスタジオへ向かうと、すでに寺尾が来ていた。

彼は、いまぼくが着ているのと同じ、撮影所から支給されたジャージに身を包み、柔軟体操を行なっていたが、こちらに気がつくと、そのスーツを貸してくれ、というような仕草をしてきた。

「気づいたかい」

「何にですか」

寺尾は、ぼくの手から受け取ったスーツを体の前で持ち、左右の側面がこちらに見えるよう、くるりくるりと回転させ始めた。

「腕の部分が、ほら、前の方に向かって緩《ゆる》く湾曲《わんきょく》しているだろ」

たしかに、ハニーのスーツはそうなっている。

「これはしっかり作られている証拠だよ。スーツの良し悪《あ》しはこういうところに現れるんだ。人間の手というのは、ほとんど前方向に動くよね。だから腕のつけ方も、横から見ると前の方に曲がっているべきなんだ」

「初めて知りました。そういうものですか」

「ああ。きみが洋服を買うときも、この点に注意するといい。間違いなく着心地が悪い」

スーツアクター歴二十年超えのベテランともなると、そういうところに目を付けるものかと感心しながら、ぼくは、体育教師役のためにスポーツ刈りにした頭に手拭いを巻き、返してもらったスーツに足と手を入れた。

背中のジッパーを上げ終えた寺尾の、「歩いてみて」という言葉に従い、一歩を踏み出したとたん、目の前に見えたものがあった。幅十五センチほどの、どこまでも続く細い板だ。実際にそこにあるのではない。頭の中で想像したものだった。

歌舞伎で女形《おんながた》を演じる役者は、膝《ひざ》のあいだに紙を挟み、それを落とさずに歩く稽古《けいこ》をするらしい。そこまでしない場合でも、「いま自分は幅の狭い板の上にいるのだ」という意識を常に持って生活しているそうだ。そんなことを先輩の役者から教えてもらったのは、この撮影所に所属するようになって間もなくのころだった。

「だいぶ女性らしくなってきたね。――どれぐらい動ける？」

ぼくはバク転とバク宙を一回ずつやってみた。ほかに、爆風で吹き飛ばされたときの受け身や、複数の敵に囲まれた状況を想定しての立ち回りなど、自分で考えてきたアクションを披露していると、すぐに汗まみれになってしまった。このスーツ、軽量である点は申し分ないのだが、やはり通気性はよくないようだ。

寺尾が差し出してきたタオルを、ぼくは頭を下げながら受け取った。

「特撮番組がこれだけ盛んなくせに、実はやっぱり日本は遅れているよな」

たしかに寺尾の言うとおりだ。海の向こうのハリウッドでは、着ぐるみに超小型の冷房装置を仕込み、何時間も着たまま撮影を続けられるようにするのが、昔から当たり前になっている。

「伊野木くん、きみの動きはなかなかいいよ。アクションがわたしより大きい。スーツキャラだって中に入る人間によって、性格は変化するからね。視聴者は、クレジットを見なくても、ハニーの中に入っている人が変わったことに気づくんじゃないかな」

そう言われて、返す言葉をすぐには思いつかなかった。見方を変えれば、ぼくは寺尾から「役を奪った」わけだ。そのことにいま、初めて思い当たった。

「さてと」

ぼくの軽い戸惑いをよそに、寺尾はスタジオの隅を指さした。

「今度はイントレの上から飛び降りてみるか」

撮影で使う足場を「イントレ」と呼ぶ。鉄パイプでできた骨組みの上に木製の台を置いたものだ。

いまDスタジオの隅に置いてあるイントレは二・五メートルほどの高さに組まれていた。前面には、すでに安全対策用のマットレスが敷《し》いてある。

高いところは苦手だが、ここに来て弱みは見せられない。ぼくは鉄骨に足をかけ、台の上に乗った。見下ろすと、軽く足が竦《すく》んだ。

「気をつけてよ。前に、五メートルくらいの所から飛び下りるというシーンがあってね、スタントの人が落ちたら、首の後ろから背骨が飛び出ちゃったことがあったから」

寺尾の口調は、冗談とも本気ともつかなかった。

「さ、飛んで」

覚悟を決めてジャンプした。着地までは一瞬だった。足に力が入らなくなっていたせいで、両手と両膝をついてしまったが、この程度の高さならすぐに慣れそうだ。

「じゃあ、今度はマスクを着けてやってみようか」

特撮もののマスクは、どれもFRPという繊維で強化されたプラスチックでできている。ハニーのマスクもその例に漏れなかった。

顔が小さいぼくは、マスクの内側にスポンジを入れてから装着し、ふたたび飛んだ。

顔面に痛みが走ったのは、マットに着地した瞬間だった。マスクがずれたせいで、完全に視界を失っている。暗闇の中で涙が滲んだ。

鼻と口に鉄の臭いと味が強く感じられる。マスク内側の凸部《とつぶ》に顔のどこかがぶつかり、出血したのだと分かった。

――面だけは傷ものにするなよ。

マスクを脱ぐよりも前に耳元によみがえったのは、俳優部次長の声だった。

4

かつてサッカーのワールドカップで、ある選手が試合中にガムを噛《か》んでいたことに対し、一部のファンやマスコミは「不真面目だ、もっと真剣にやれ」と怒った。

その非難は的外れもいいところだと思う。選手はガムを嚙むことでリラックスしようとしていただけのこと。心理学、生理学的に見ても、顎《あご》の筋肉をほぐし、唾液を分泌《ぶんぴつ》させることは緊張緩和に役立つ行為だ。

「二十分の休憩に入ります」

助監督の声がセットに響いた。

それを合図に、ぼくは、顎が疲れるほど嚙んだガムを包み紙にくるんで捨てようとした。だが、屑籠《くずかご》が見当たらない。しかたなく、ズボンのポケットに入れてから、その俳優に近づいていった。

「お話しさせていただいてもよろしいでしょうか」

声をかけると、南雲はぼくの方へ首を捻った。

「だいぶ練習を積んでいるらしいね」

ぼくの顔についた傷に視線をやり、彼はそう言った。

「おかげで役を一つ失いました」

せっかく台詞もあったのに。寺尾の指導は厳しく、容赦《ようしゃ》がなかった。その後も、マスクを着けたアクションのせいで、顔に傷と痣《あざ》が絶えることがない。

「今日もスタントの練習をするのかな」

「はい。これから寺尾さんに指導をつけてもらう予定です」

「そうかい。ところで、話とは」

「南雲さんは脚本もお書きになることがありますよね」

「少しは」

「刑事ものや犯罪ものが多いようですが」

「その手のジャンルが昔から好きでね。だから刑事役だったら何でも引き受けてきた。それに、ぼくのマネージャーがいるんだが」

「友寄さんですね。もちろん存じ上げています」

「じゃあ、彼がいまの仕事に就く前、どんな仕事をしていたかは知っているかな」

「警察官だったと聞いています。しかも刑事さんだと」

「そうなんだ」

「話というのはまさにそこなんです。犯罪捜査について、教えていただきたいんです」

「いいだろう。基本は簡単だ」南雲は指を一本立てた。「鉄則は『迷ったら現場に戻れ』さ」

「その言葉は有名ですね」

天野が襲われた現場には、もう何度も足を運んだ。

「それと、シェルシェ・ラ・ファムかな」

「……何ですか、それは」

「女を探せ、という意味さ。古代から現在まで、犯罪捜査の鉄則はこの二つだ」

天野が襲われた事件に女が絡んでいるとは思えなかったが、ぼくは「そうなんですね」と感心したふうを装《よそお》って深く頷《うなず》いた。

「おっと、もう一つあったたな。凶器の特定だ。——最近、書庫の中で見つけた江戸時代の仕置集の中に、こんな事例が記されてあったよ。竹槍《たけやり》が凶器として使われた殺人事件でね、被害者はその槍で腹を刺されて死んでいた。だが、被疑者とされた男は、自分は犯人じゃないと否認するんだ」

「はあ」

「動機の面から、その男がやったに違いないのだけれど、なかなか白状しない。凶器の竹槍は、竹をスパッと斜めに切ったものだった。与力《よりき》と同心《どうしん》は、その男の行動範囲内にあるものを、徹底的に探索した。そして、男の住んでいる裏山の竹藪《たけやぶ》の中から、凶器と同じ切り口の竹を発見した。それを突きつけたところ、男はようやく観念して犯行を認めたわけだ」

凶器か。そういえば、天野を襲った犯人は、何か凶器を使用したのだろうか……。

「もしかして、きみは自力で捜査をしているのかな」

頷いた。もちろん警察は動いている。とはいえ天野は恩人だ。素人《しろうと》が犯罪捜査をするなど無茶な話だが、だからといって何もせずにはいられなかった。

「ところで、まだ聞いてないのかい？」

「何をですか」

「天野さんの意識が戻ったことを」

「本当ですか」

つい大声を出してしまったせいで、周囲にいた小道具のスタッフたちから一斉に視線を浴びせられてしまった。

「明日、見舞いに行きます。――ありがとうございました」

頭を下げて背を向けた。辞去しようと一歩を踏み出したとき、

「それともう一つ」

南雲の言葉に振り返る。彼は一転、冷ややかな視線をぼくに向けてきた。

「事件のあったとき、天野さんは何か呟《つぶや》いたらしいね」

言われてみればそうだった。

「その言葉、何だったか覚えているかな」

「たしか……『は、い、き』でした」

「そう。その言葉を受けて、撮影所では、こう噂している人がいるみたいだよ。——『は』んにんは『い』の『き』と」

5

「バイクや車ごと海や川に落ちるアクションは、日本の映画やテレビドラマでもよく見るだろ?」

寺尾は五メートルの高さに組んだイントレの上から下を見下ろし、ぼくに厳しい顔を向けてきた。

「ああいう水中ダイブってのは、わたしにとっては楽な部類のスタントだ。生身でも車体ごとでもね。上手くやれば、水がクッションの役割を果たしてくれるからさ」

寺尾の言葉を聞き漏らすまいと意識しながら、ぼくは天野の顔を思い浮かべた。

自分が疑われている……。

どうしたらいいのだろう。

分からなかった。自力で犯人を見つけてやる。そう意気込んではみたものの、実際のところは、どう考えても無理な話だ。

だが、天野への恩返しならできる。それは、スーツアクターとしての実力を示すことだ。そのためには、いま以上に熱心に寺尾から教えを請うしかない。

「以前、三十メートルの崖から海に飛び込むスタントをしたことがあるよ。そのときわたしがもっとも気を遣ったのは、手の位置だ。――こうしてごらん」

寺尾は、交差させた手を空に向かって突っ張るように伸ばしながら、二の腕の筋肉で両耳を覆《おお》うようにした。

「こうしないと、着水したときの衝撃で、鼓膜《こまく》が破れてしまうんだ。ダイブを終えて海から上がってみたら、ぼくの全身には斑《まだら》の痕《あと》がついていたよ。それだけ衝撃が激しかったってことだ。――まあともかく、いま言った要領で、ハニーのマスクを両腕でしっかり固定したらどうかな」

言われたとおりにしてイントレからマットに飛び降りてみたが、やはりマスクが顔に当たり、鼻梁《びりょう》に猛烈な痛みを覚えた。

ぼくはマスクを取り、頭を振りながら、イントレの上にいる寺尾を仰《あお》いだ。

「そう言えば、天野さんの意識が戻ったそうですね」

「本当に？」

寺尾からの返事は一拍遅れたような気がした。

「はい。明日、一緒に見舞いに行きませんか」

「……ああ」

ずいぶん気のない返事だな。そう思いながらマスクを被《かぶ》り直したときだった。どさり、と音がした。ぼくは被ったばかりのマスクをまた脱いだ。そして目を疑った。

イントレの反対側に、寺尾が俯《うつぶ》せに倒れていたからだ。両腕を斜め下に伸ばしているので、地面に「小」の字が書いてあるように見えた。

6

寺尾が救急車で運ばれ、その死亡が伝えられたあと、ぼくは警察から事情を聴かれた。

撮影所の人にも同じ話をしなければならなかったから、帰宅が許されたときには、もうすっかり夜も更《ふ》けていた。

「ある転落死が自殺か事故かを見分けるときに、参考になるものは、例えば何だろう」

大部屋のロッカー室を出たところで、廊下の暗がりからそう声をかけられた。何の間投詞《かんとうし》も挟まずに、いきなりこんな芝居じみた言葉を口にできるのは、台詞発声の訓練を受けた俳優だけだ。

「さあ、分かりません」と、ぼくはその俳優、南雲に返した。

「いろいろあると思うが、一つは〝かばい手〟だよ。その痕跡が死体にあるかどうかだ」

一緒に帰ろう、というように、黒縁眼鏡をかけた南雲は廊下の先に向かって軽く顎をしゃくり、こちらの返事を待たずに歩き始めた。

「もし事故なら被害者は自分の身を守ろうとして、衝動的に手を伸ばす。あるいは、伸ばさなくても、大事な部分を守ろうとして手で頭部を覆う。そういう手の動きをかばい手という」

彼の言いたいことが少しずつ分かってきた。

「反対に、死を覚悟して飛び降りた場合は、無防備でかばい手もしないケースがほとんどだ。――寺尾くんの手はどうなっていた」

ぼくの頭にまた「小」の字が浮かんだ。「かばい手の形には……なっていませんでした」

そう答えたときにはもう、鈍感なぼくにも事態の真相がだいたい理解できていた。

天野を襲った犯人は寺尾だったのではないか。天野が意識を取り戻した。その知らせを聞いた直後に自殺を図ったことが、何よりも雄弁《ゆうべん》にそれを裏付けている。

自分はまだやれるから、役を降ろさないでくれ――そのように、彼はあの晩、天野に直訴《じきそ》したのではなかったか。ハニーの着ぐるみを着て。

「たぶん『はいき』というダイイング・メッセージは、何のことはない、単に『ハ』ニ『イ』の『着』ぐるみ、程度の意味だろう」

ダイイング・メッセージ？　言葉の選び方に引っ掛かりを覚えながら、ぼくは言った。

「その点は、明日にでも天野さんに確かめてみます」

「無理だね」

ぼくの足は一瞬止まった。その間、南雲はもう数メートルも先に進んでいた。

走って追いかけ、「どうしてですか」と声を投げた。

「意識を取り戻したというのは」ガラスドアを押し、向こう側に姿を消しながら、南雲は言った。「ぼくの嘘だからだよ」

第七章　歪《ゆが》んだ凶弾

1

「その昔、ある学者が、一つのシンプルな実験をした」

そう言いながら、納谷《なや》ミチルは、白い指先を眼鏡にやり、金色の細いフレームの位置をわずかに直した。

「どんな実験かというとね、その学者はまず、一般の人を数十人集めたわけ。そして、彼らを二つの集団に分けて、それぞれをAとB、別々の部屋に入れたの」

わたしは座ったまま、ミチルの顔をじっと見上げた。先生の話にはすごく興味があります。早く続きを聞きたくてたまりません。そんな気持ちを精一杯目に込めて。

「AとB、どちらの部屋にも、大きなモニター画面が準備してあった。その画面に、録画しておいたニュースを流し、被験者に見てもらうことにしたのね」

ミチルはいったん言葉を切って横に歩いた。硬い木の床で、エナメル靴のヒールがかつかつと音を立てる。

「流しているニュースは、A室とB室では違っていた。A室では、明るいニュース。具体的に言えば、洪水で流された子供を、川沿いに住んでいた人たちが、手をつないで人間の鎖を作って助けた、というものだった」

わたしはシャープペンシルを持った右手を動かし、その言葉をノートに書いた。いや、正確に言えば書くふりをしただけだ。実際にはノートは白紙のままだ。

「B室の方は、反対に暗いニュース。食べるにも事欠く人たちのために毎日炊き出《だ》しをしていた親切な老婦人が、顔見知りのホームレスに殺されてしまった、というもの。どちらも作り話ではなく実話ね」

ミチルの四十代にしては細いウエストが目の前にきた。彼女の顔を見上げるわたしの首の角度がきつくなる。

「同時にニュースを見てもらったあと、学者はそれぞれの部屋にいる被験者たちに、三つの質問をした。『あなたは毎日幸せを感じながら生活していますか』、『あなたは神の存在を信じていますか』、『あなたは自分が正直な人間だと思いますか』、『あ
——この三つね。さて、これらの質問にイエスと答えた人の割合は、A室とB室で

どう違ったと思う？」

　わたしは小首を傾《かし》げてみせつつ、舌先で軽く唇を湿らせてから口を開いた。

「それほど変わりがないんじゃないんでしょうか」

「どうしてそう思うのかしら？」

「実際に体験したり目撃したりしたわけではなく、テレビを見ただけですから。普通に考えれば、A室の被験者の方がイエスの割合が多いという結果になるんでしょうけれど、単なる映像では、人に与える影響は少ないと思います」

「ところがそうじゃないのよ。やっぱりA室にいた被験者の方が、B室の人よりも、イエスと答えた割合が高かったの。心が温まるニュースを見聞した人の方が、この世をより肯定的に捉《とら》える答え方をした、という結果が出たわけ」

　ミチルが体の向きを変えた。彼女の両耳で、大学講師が身に着けるにしては派手すぎるイヤリングが、ぶらりと大きく揺れる。

「これは、実験室の中だけじゃなく、フィールドでも実証されているの。――あなた、財布を持っているわよね。出してみて」

　わたしは机の上に財布を置いた。ミチルの細い腕が伸びてきて、それを手に取る。ただし、これもまた、どちらもふりだけだった。わたしがやったのは、実在しない財布を出して置く仕草に過ぎず、ミチルの行為も、それを手にするという演技でしかなかった。

「もしあなたがこの財布を落としてしまったとしたら、ちゃんと戻ってくると思う？　それとも、拾った人にネコババされておしまいだと思う？」

「落とした場所によるんじゃないんでしょうか」

「いい着眼点ね。では、アメリカの大都市だとしたら、どうかしら。その学者が選んだのはニューヨークの真ん中よ。持ち主の名を入れた財布を、歩道に落としておいた。中には、いくらかの現金を入れてね」

「そんな場所なら、まず戻ってこないと思います」

「じゃあ結果を教えましょう。実験を何日か続けてみると、ある地区では、それを拾って交番に届けた人の割合は、毎日五割前後にのぼったの」

「思ったより多いですね。アメリカは犯罪大国というイメージがありますから、ちょっと意外です」

「そうね。ところが、ある日不思議なことが起きた。突然、届け出がゼロの日が出現したの。いつもと同じように、大勢の人が財布を拾ったはずなのに、誰も交番に行かなかったのよ。なぜだと思う？」

「……見当もつきません」

「調べてみると、その日は、たまたま大きな事件があったわけ。誰もが知っている有名な政治家が暗殺されたのよ」

「つまりそれは、どういうことですか」

「つまりね……」

続きの言葉が、ミチルの口から出てこなかった。

わたしは急いでそばにあった台本を開いた。

【つまりね、社会的な規範に揺らぎが生じた、ということなの。衝撃的な犯罪が起きたことで、人は世の中の決まりを守らなければならない、という固定観念に、果たして本当にそうなのかという疑念が生じてしまったわけ。これは社会心理学的な法則で……】

ミチルの台詞《せりふ》はそうなっていたから、わたしは囁《ささや》いた。

「『社会的な規範に揺らぎが』です」

次の瞬間、わたしの頬にべたりと湿ったものが貼りついた。ミチルが使っているおしぼりだ、と悟ったのも束《つか》の間《ま》、

「分かってるわよっ」

今度は、彼女の口から出た罵声《ばせい》を浴びせられていた。

すみませんっ、とわたしが頭を下げる前に、ミチルは、かけていた小道具の眼鏡を乱暴に自分の顔から毟《むし》り取り、部屋の隅《すみ》に放り投げた。

「分かってるわよ。分かってるの。わたしは、ちゃんと覚えているのよ、台詞ぐらい」

ミチルの足がもつれたため、わたしは急いで椅子から立ち上がり、彼女を支えてやった。彼女の体は、甘酸っぱい匂いを放っていた。

「いま、ちゃんと言おうとしたの。それをあんたが出しゃばって、台本なんか開いたりするから、よけいに出てこなくなったんじゃないの」

「すみませんでした。先生。許してください。全部わたしが悪いんです」

ミチルは肩で息をしたあと、低く呟《つぶや》いた。「……いいのよ。もう」

「あの、よろしければ、お庭で休憩しませんか」

ミチルが顔を上げ、わたしの方を見た。

彼女の顔には疲れの色が浮いていた。いつもより頬が窪《くぼ》み、肌に艶《つや》がない。目尻や口元にも皺《しわ》が目立つ。最近何かの雑誌で見た、喫煙癖《へき》のある肺がん患者の女が、ちょうどこんな相貌《そうぼう》をしていた。

「そうね。ちょっと外の空気を吸いましょうか」

わたしはミチルの体を横から支えつつ、稽古場《けいこば》に使っている部屋の掃《は》き出《だ》し窓を開けた。サンダルを履《は》けば、そこから庭に出られるようになっている。

この納谷ミチル邸は、東京郊外にある二階建ての一軒家だった。芝生《しばふ》が敷《し》き詰められた広い庭は、手入れの行き届いた植木で囲われている。

午後になり、少し風が出てきたようだ。樫《かし》の木から吊《つ》り下げたブランコがゆっくりと揺れている。

その大木の近くに置かれたベンチにミチルを座らせようとしたとき、彼女は「きゃっ」と悲鳴を上げた。

「どうしました、先生？」

「毛虫がいるじゃないの」

「すみません。気がつきませんでした。いま追い払いますから」

ハンカチを取り出し、ハタキを使うようにしてベンチを払ってから、ミチルに腰を下ろしてもらい、わたしも隣に座った。

こちらは常に彼女の右側だ。女優のなかには、自分の顔について美貌という観点から左右の優劣をつけている者が少なくない。ミチルの場合は右側がお気に入りだから、左側に誰かがいることを嫌う。

「素実《もとみ》ちゃん」

小さな声でわたしの名を口にしたあと、ミチルは、こちらの手に自分のそれを軽く重ねてきた。

「さっきはごめんんね。本当のことを言うと、何だか最近、いきなり、記憶にぽっかり穴が空いたみたいになっちゃうことがあるの」

「いいんです。先生、謝らないでください。繰り返しますが、悪いのはわたしの方なんです。わたしのホン読みが下手だから、先生の台詞が出てこなかったんです」

本音を言わせてもらえば、ミチルに社会心理学者の役など似合わない。知的な役は、実際に知的な俳優にしかできないものだ。ろくに読書をしたことがないような役者が、付《つ》け焼刃《やきば》で学術用語を口にしても、絶対に棒読みにしか聞こえないのだ。不思議だが、この法則は男女を問わず、どんな役者にも当てはまる。

その点、来週から収録が始まるドラマは、先行きがやや心配だった。加齢のために容色が衰《おとろ》え、人気が凋落《ちょうらく》しつつある納谷ミチルにしてみれば、今回の役は、イメージチェンジを図るいいチャンスということになる。だが、一般の視聴者の目には、たぶん配役ミスと映るのではないか。

風が強くなってきた。そろそろ戻りましょうか。そうわたしが声をかける前に、ミチルは昂然《こうぜん》と顔を上げて言った。

「さあ、続きをやりましょう」

はい、と答えてわたしも立ち上がった。

「いいこと、素実ちゃん。前にも言ったけれど、演技の本質は、アクションではなく――」

「リアクション、ですね」

「そう。演技では、相手が上手いと思ったときは自分が上手いの。だから、わたしが上手いと思ったときは、あなたが自信を持っていいのよ」

2

一日の仕事を終えて、わたしは帰りの電車に乗った。

耳が少し詰まった感じがしていた。朝から夕方までミチルの練習に付き合い、台本《ほん》読みをしたときは、たいていこうなる。

午後四時半。通勤ラッシュが始まるまでにはまだ間があった。座席はちらほら空いているが、よほど疲れていない限り腰を下ろすことはない。

吊り革に掴《つか》まった状態で、わたしは臀部《でんぶ》の筋肉に力を込め、息を吐き出した。腹も引っ込める。このようにして立っていれば、体のシェイプアップに役立つし、バランス能力も向上する。

日々付き人の仕事に追われる身だ、まとまった時間など、なかなか確保できるものではない。自分が役者として大成するためのレッスンは、ちょっとした細切れ時間を捉《とら》えて行なうしかなかった。電車の中では、こうして立ち姿を作る訓練をするのが日課だ。

——すみません、わたしが悪いんです。

この言葉を、もう何度口にしたことだろうか。

納谷ミチルの付き人になって一年、どんな芸にも増して身についたのは、「何があっても自分から謝る」という行為だった。明らかにミチルの側に非があっても、まずはわたしが頭を下げる。そうすれば、たいていのことは丸く収まるものだと学んだ。

結果、最近では、他人と接するのが少し怖いと思うことが多くなってきた。自分では意識していなくても、言動の端々に卑屈《ひくつ》さを覗《のぞ》かせてしまっているのではないか。そんな不安から逃れることができなくなっている。

それでも付き人を辞めようという気はまるで起きないのだから不思議なものだ。どんなに振り回されても、わたしは納谷ミチルという女優に惹《ひ》かれ続けているらしい。ひたすら我儘《わがまま》で、大して知性も備えていないが、役者としての輝きだけは間違いなく持って生まれた、あの女に……。

次の駅が近くなり、電車が速度を緩《ゆる》める。

そのとき、車内がざわつき始めた。

「ちょっと、変な臭いがしない」

「する。何これ、やばいって」

少し離れたところにいた女子高生が三人、口元を手で覆《おお》い、座席から立ち上がるのが見えた。

「逃げようよっ」

一人が泣き声に近い口調で叫んだ。そのとたん、彼女たち三人はそろって、糸の切れた操り人形のように、その場にくずおれた。

周囲にいた主婦や会社員といった風体《ふうてい》の客たちも、突然意識を失い、ばたばたと倒れはじめる。

「嘘でしょ――」

目を疑いつつわたしの口から漏れた呟き声は、車内に巻き起こった数々の悲鳴で、いとも簡単にかき消された。

3

病院の待合室は外来患者で混み合っていた。ほとんどは高齢者だ。老人の社交場になっている病院は少なくないそうだが、ここもその一つらしい。

女優の付き人などという仕事をしていれば、待たされることには自然と慣れてくるものだ。だから、この状況はたいして苦ではなかった。

待合室には木製のマガジンラックが一つ置いてある。先ほどから、わたしはそれにちらちらと視線を送っていた。今日の朝刊に目を通したかったのだ。だが、新聞は全部、ほかの患者に取られてしまっていた。

ほどなくして、高齢の患者が一人、薬の入った白い袋を山のように抱えて帰っていった。その結果、一紙だけラックに戻ってきた。

すぐに取りに行っては、いかにも狙いすましていたようで気恥ずかしい。だから、心の中で十数えてから立ち上がろうとした。次の瞬間、その新聞は、診察を終えて出てきた患者にまんまと持ち去られてしまった。

看護師に名前を呼ばれるまで、結局、四、五十分もかかっただろうか。

診察室に入ったわたしは、最初は息を止めていた。そしてドアを閉め、医師の方を振り返ってから、おそるおそる、少しずつ鼻から空気を吸い込んでいった。

三日前、電車内での異臭騒ぎに巻き込まれて以来、新しい場所に入ると、呼吸をするのがすっかり怖くなってしまった。待合室から診察室に移動しただけでこの始末だ。

そのときは次の駅で下車したとたん、立てなくなり、救急車でこの病院に運ばれ、検査を受けた。今日はその結果を聞きに来たのだった。

「お願いします」

年配の医師に会釈《えしゃく》をし、診察室の丸椅子に腰をかけた。同時に、目がチカチカしてきて、咳が立て続けに出た。室内に漂う薬品の臭いに、フラッシュバックのようなものが起きたのかもしれない。

「それにしても災難でしたね」

それが医師の第一声だった。

「いや、幸運でしたねと言い直した方がいいかな」

三日前の異臭騒ぎは全国的に大きく報じられた。現場となった電車に乗っていた患者が目の前にいる。そのことがよっぽど珍しいのか、医師が眼鏡の奥からこちらに送ってくる視線には、好奇の色が剝《む》き出しになっていた。

「あのとき発生したのは、塩素ガスだったようです。あれをうっかり吸い込んでしまうと、胸の痛み、呼吸困難、頭痛、嘔吐《おうと》などの症状がすぐに現れます。やがて不整脈も起きて、症状が重い場合はその場で死亡、ということもありますからね」

医師の言うとおり、電車内の異臭は、トイレ用の酸性洗剤と次亜塩素酸の入った漂白剤を混ぜたせいで発生した塩素ガスによるものだった。それは事件当日のうちに警察の捜査で判明していた。

誰かが悪戯《いたずら》目的で、電車の揺れに合わせてその両者が混じるように、ビニール袋に入れた二つのコップを座席の下にセットしておいたらしい。

幸い、ほかの被害者たちもみな軽症で済んだと聞いている。

「それで、肝心の検査結果の方ですが」医師は机上のモニターに表示された電子カルテに目をやった。「血液と尿の検査では、異常はありませんでした。詳しいことは書類にしてお渡しします」

それで医師の話はおしまいだった。結局、診察室にいた時間は、待合室で過ごした時間の十分の一ほどだった。

診察料を支払うためにもう一度待合室の椅子に座っているとき、ようやく新聞を手にすることができた。目当ての記事は、言うまでもなく電車内塩素ガス事件の続報だ。

【マスコミ各社に犯行声明届く】

その見出しは社会面の左側。四コマ漫画のすぐ下に出ていた。

【複数の新聞社、テレビ局に、何者かの手によって、犯行声明と見られる手紙が郵送されていたことが分かった。文面は次のとおり。『洗剤も漂白剤もわたしが仕掛けたものだ。これで終わりではない。近いうちに次の悲劇が起きるだろう。覚悟して待て』】

見出しの活字があまり大きくないところを見ると、この新聞社では「犯行声明」

を単なる悪戯だと判断しているのかもしれない。

他の新聞はどう扱っているのか確かめてみたかったが、ここで待っているよりも近所のコンビニにでも立ち寄った方が早そうだった。

4

病院の斜向《はすむ》かいにあるコンビニで新聞を数紙買い求めたあと、タクシーを拾い、納谷ミチル邸へ向かった。電車を使うのが一番の近道だが、三日前の恐怖がまだ癒《い》えず、駅に足を向ける気にはなれない。

今日もミチルの稽古相手になる予定だが、開始の時刻までまだ余裕がある。

車庫に入って、車を観察してみた。ミチルが自分で運転しているベンツAクラス。そのリアバンパーには、また傷が増えていた。窓から車内を覗き込むと、助手席のシートにはスカーフとハンドバッグ、サングラス、ポケットティッシュなどが散乱している。

ダッシュボードの灰皿には吸殻《すいがら》が溢《あふ》れていた。長いものと短いものが半々ぐらいの割合で突き刺さっている。

わたしは車庫内の棚からタッチペンとコンパウンドを取り出し、しばらくのあいだ、傷消しの作業に精《せい》を出した。それを終えたあとは、合鍵を使ってドアを開け、座席に散らばっているものを片付けた。

主演級女優の持ち物だ、言うまでもなくバッグは値《ね》の張るブランドものだが、中身はかなり乱雑で、化粧品と生理用品がごちゃごちゃと詰め込まれていた。口紅を拭《ぬぐ》ったあとのティッシュペーパーや、嚙んだあとのガムの包み紙なども混じっている。

だが、ミチルの財布――クロコダイルの革でできた緑色のロングウォレットは、やはり見当たらなかった。

ミチルがそれを失くしたのが一週間ほど前のことだ。彼女の話によれば、財布の中に入っていたものは、健康保険証と現金数万円。クレジットカードが何枚か、そしてコンビニで使う電子マネーのカードとのことだった。

どこで失くしたのか見当がつかず、家中を探し回る羽目《はめ》になった。もちろん、それはわたしの仕事だ。

灰皿もきれいに片付けてから、ベンツのドアを閉めた。

車庫から続く廊下を通り、リビングに入っていくと、ミチルはソファに寝そべるようにして座っていた。壁にかけた七十インチのテレビ画面に、ぼんやりと顔を向けている。ワイドショーの出演者が喋る声が大ボリュームで室内に響き渡っていた。

「ちょっと、素実ちゃん。遅いじゃないの」

「お約束は二時のはずですが」

右手にウィスキーのグラスを、左手に煙草《たばこ》を持ったミチルは、面倒くさそうに首を捻《ひね》った。視線の先にある年代ものの振り子時計は午後一時五十分を指している。

「そうだっけ？　で、病院には行ってきたんでしょうね。検査の結果を教えてちょうだい」

「おかげさまで、異常なしでした」

「それは何より。だけど、あなたもついてないわね。あんな事件に巻き込まれて」

「さっきベンツを見せていただきましたが」

異臭騒ぎの件はできるかぎり思い出したくなかったので、わたしはやや強引に話を変えた。

「後ろのバンパーに傷がありました。最近、どこかにぶつけましたか？」

ミチルは、はあ、と溜め息をついて首を横に振った。グラスを呷《あお》る。カランと氷の音がした。

「ちょっとこすっただけよ。門柱のところでね」

「そうですか。差し出がましいようですが、車の中を片付けておきました」

「そ。ありがとね」

ミチルは持っていた煙草をガラス製の灰皿に押し付けた。返す手で、箱の中から新しい一本を取り出し、細長いガスライターで火を点《つ》ける。かと思うと、これも一口吸っただけで消し、また別の煙草を口に銜《くわ》えた。見ていると手元がまことに忙《せわ》しない。

「あらまあ、また大変なことが起きちゃったわね」

ミチルがテレビを見ながらそう口にしたので、わたしも画面の方へ顔を向けた。

《X町の繁華街にある雑居ビルが燃えており、延焼のおそれがあります。付近の方は至急避難してください》

アナウンサーが同じ言葉を繰り返している。

テレビの画面に映っているのは、ヘリコプターから撮影したと思《おぼ》しき映像だった。鉄筋コンクリートの建物から猛烈な勢いで黒煙が上がっている。炎はビルの一階から四階までをなめ尽くしていた。二階付近の火勢が最も強いようだから、おそらくそこが出火場所なのだろう。

何台ものポンプ車とはしご車が消火活動に当たっているが、風がだいぶ強いらしく、火勢が弱まる気配はない。消防車を取り巻くようにして、大勢の野次馬《やじうま》が群がっている。近隣の民家から住人が家財道具を運び出している様子もカメラは捉えていた。

「あの、これもよけいなお世話かもしれませんが」

わたしはミチルが手にしているグラスに目を向けた。

「まだ昼間ですので――」

「お酒はほどほどにしてはいかがでしょうか」

わたしの声色のつもりだろうか、わざと甲高《かんだか》い声でミチルは言い、

「――てか。はいはい。ご忠告、ありがとうございます」

大仰《おおぎょう》な仕草で頭を下げてみせた。

どう反応していいか分からず、わたしはただ顔を強張らせるしかなかった。

「そういえば素実ちゃん。あなたがお酒を飲んでいるところを見たことがないわね」

「体質的に下戸《げこ》なんです」

「まあ、もったいないこと」

それまで寝そべるような格好をしていたミチルは、ソファに載せていた足を床につけ、わたしの方を向いて座り直すと、クルクルと指を回し始めた。

「……それは、どういう意味でしょうか」

「回転してごらんって言ってんのよ。その場でね。フィギュアスケートの選手みた

いにさ」

言われたとおりにした。三回ばかりターンしたところで動きを止めると、

「もっと！」

すかさず怒声が飛んできた。

十回転ほどもすると、気分が悪くなり、立っているのもやっとの状態になってしまった。

「ほら、軸がずれてるっ」

足がもつれ、たたらを踏んだ。

「だらしないわね。こんなものは慣れよ、慣れ。フィギュアスケートの一流選手は一千回回転しても目を回さないって、ちょっと前にテレビでやっていたじゃないの」

「すみませんっ」

もう我慢できず、わたしはミチルの言葉を待たずに回転を完全に止めた。壁に手をつきながらリビングを出て、廊下の突き当たりにあるトイレへ駆け込む。

「どう？　酔っぱらった気分は。悪くないでしょ」

追いかけてきたミチルの声を遮《さえぎ》るようにしてドアを閉め、便器の前にひざまずいた。

嘔吐感はあるのだが、吐くには至らなかった。こういう中途半端な状態が最もつらい。
《X町の繁華街にある雑居ビルが燃えており、延焼のおそれがあります》
大音量のテレビの音声がここまで聞こえてきた。
《付近の方は至急避難してください》
わたしは喉《のど》に指を突っ込んだ。そうして、少しでも楽になろうとしながら、マスコミ各社に出す二通目の文面を考え始めた。
『X町のビルに放火したのもわたしだ。これで終わりではない。悲劇はさらに続くだろう』
結びのひとことは、今回も『覚悟して待て』にしておくか……。

5

「イギリスのプロファイリングはリバプール方式と呼ばれている。これは大勢の人から情報を集めて、そのデータを整理、分析していくというもの。言ってみれば、行動科学的な手法ね」
ここで納谷ミチルは細いフレームの金縁眼鏡に手をやった。

「一方、アメリカのプロファイリングは通称FBI方式。大勢ではなく特定の人物に着目し、そこから可能な限り情報を引き出す、いわば臨床心理学的な手法なの」

ミチルはまた言葉を切り、そして眼鏡のフレームを触った。

まずい兆候だった。手の動きが忙しなくなっている。これは彼女が台詞を忘れかけているサインだ。

「この説明でお分かりでしょう。そう、プロファイリングの手法は、イギリスとアメリカとで、かなり異なるということ。社会心理学者としては、当然、イギリス的な手法に馴染《なじ》みが深いわけ」

そこまでは言い切った。かろうじてトチることはなかった。すべて台本どおりだ。だが、表情が強張《こわば》っているし、視線が定まっていない。誰がどう見ても、ミチルのパフォーマンスは演技として成立していなかった。

「ごめんなさい。もう一度やらせていただけないかしら」

監督が「カット」の声をかける前に、ミチルの方から演技を中断し、カメラの方を向いてそう言った。

「分かりました。でも、その前に十五分ぐらい休憩を入れましょう」

これがまだテレビドラマ二作目の演出だという若い監督。彼の口調は穏やかだ。

ただし、頭にやった手で長めの髪の毛をぐしゃぐしゃにすることで、まいったな、という態度を表すことは忘れなかった。

「はい、十五分休憩入りますっ」

Tシャツ姿の助監督が声を張り上げると同時に、カメラの後ろで控《ひか》えていたわたしは、タオルと瓶《びん》入りのレモン水を持ってミチルの方へ駆け寄った。

大学の教室を模したセットから出てきたミチルは、だが、

「一人にさせて」

それだけを投げ捨てるように言い、楽屋へと通じるドアの向こうに消えていった。

「ちょっといいかな」

わたしが立ち竦んでいると、誰かが声をかけてきた。

その方へ顔を向けると、背の高い人物が立っていた。暗がりで顔がよく見えなかったが、いまの声と均整の取れたシルエットから、そこにいるのは南雲草介《なぐもそうすけ》に違いなかった。今日も例の黒縁眼鏡をかけている。

「付き人の仕事には慣れたかな。推薦人としては心配でね、こうして様子を見にきてしまったよ」

「おかげさまで、毎日充実しています」

わたしが姿勢を正して答えると、南雲は一つ頷《うなず》いてから、ミチルが消えていった

ドアの方へ顔を向けた。

「このところ、彼女は、どうも調子がよくないようだ」

「お分かりになりますか」

「もちろんだ。その点は、ぼくなんかよりもきみの方がよく承知しているはずだと思うけれどね。彼女を間近で見ているんだから」

南雲にじっと視線を当てられて、わたしは思わず目を逸《そ》らせた。

「まず、顔色が悪いと思わないかい」

彼はゆっくりとスタジオの隅に向かって歩き始めた。質問をされているので、わたしもその背中についていくしかなかった。

「それに、いつも視線が揺らいでいる。そのせいで、共演者もみんな不安になっているようだ。そのくせ瞳はやけにギラついている」

更年期障害でしょうか、とわたしは言ったが、

「それにずいぶん痩《や》せた。頬がこけている」

南雲はそれに取り合わなかった。

「メイクでどうにかごまかしているようだが、前から彼女を知っている人ならすぐに分かる。――自宅ではどんな具合かな。最近のミチルさんの様子を教えてもらえないだろうか」

わたしは答えに詰まった。いくら相手が恩師の南雲でも、ミチルの許しを得ないまま私生活についての情報を安易に漏らしていいものかどうか、すぐには判断がつかない。

「共演者の体調を把握《はあく》しておくのも、役者の大事な仕事なんだよ。わたしにも彼女との仕事が控えているんでね」

そう言われてはしかたがない。

「最近は、車をぶつけました」

「ほう。運転は彼女が自分でしているのかな」

「はい」

「もしかして、車内にはゴミが散らかり放題、ということはなかったかい」

わたしは南雲の顔を改めて見やった。そのとおりだった。どうして分かったのだろうか。

そんなこちらの疑問をよそに、ふいに彼は表情を曇《くも》らせた。

「あと一つ、妙なことを訊《たず》ねるけれど」

悲し気な目で彼は言った。わたしはその瞳に引き込まれそうになった。演技で見せるのとは違う、素の感情がそこには出ているように感じられる。

「ミチルさんは普段、どんな匂いをさせていた？」

6

リビングの壁に掛けられた七十インチの画面で、夕方のニュースは道路の陥没《かんぼつ》事故を報じていた。一人が死亡、七人が重軽傷を負ったという。

『今回の事故もわたしが仕組んだものだ。これで終わりではない。悲劇はさらに続くだろう』

文面はすぐに浮かんだが、投函《とうかん》するかどうかで迷った。

もうかれこれ六通も手紙を出している。さすがにわたしの手紙を取り上げるメディアも減ってきた。

今回は道路の陥没事故。下水道管が破裂したことが原因であって、どう考えても人間が仕組んでやれたものではない。

迷ったすえ、それでもわたしは今回も手紙を出すと決めた。

もちろん、警察に捕まらないだろうかと不安でしかたがない。

指紋には十分注意していた。紙は特別なものではない普通のコピー用紙。自宅にあるノートパソコンとプリンターで作っている。投函場所が一箇所に偏らないよう、毎回違った郵便ポストを利用していた。

──大丈夫。

自分に言い聞かせる。逮捕されてミチルに迷惑をかけるようなことだけは、あってはならない。

熱めのほうじ茶を持っていくと、ソファに寝そべっていたミチルは、気怠《けだる》そうに上半身を起こした。

「素実ちゃん」

「……はい」

「あなたは、人と話をしている最中に、相手の顔から視線を外してしまう癖があるわね」

言われてみれば、そうかもしれない。

「すみません」

「謝らなくてもいいのよ。──イギリスの学者でね、アージルという人がいる。その人はこう言っているの。会話には暗黙のルールがある。一方が話そうとするときは、聞き手はそれを促すために、視線を逸らすべきだ、って。そうしないと話のタイミングがずれて、会話がかみ合わなくなるんだって。相手をじっと見ることは、必ずしもいいこととはかぎらないのよ」

そうですか、と頷いたあと、わたしはリビングの本棚に目をやった。社会心理学関係の本が並んでいる。今回のドラマのために、彼女が読み込んだものだ。いま口にした視線云々の話も、あそこに並んだ本から得た知識かもしれない。

「あなたとは話をしやすいわ、素実ちゃん」

ミチルは、ふっと一つ湯飲みに息を吹きかけてからほうじ茶を啜《すす》った。

先日行われたスタジオでの収録を思い出す。一見すると気丈に振舞ってはいるが、内心ではかなり傷ついているに違いない。そんなミチルを、わたしはどうやったら支え続けていけるのだろうか……。

玄関のチャイムが鳴った。

わたしはリビングのテーブルに置いてあったインタホンの子機を取り上げた。小さなモニターには二人の男が映っている。

テレビ、映画、舞台。いままで仕事で会った男たちの顔をざっと思い浮かべたが、モニターの中にいる二人は、それらの顔のいずれとも合致しなかった。

「どちらさまでしょうか」

二人のうち小柄な方がぐっとカメラに顔を近づけて言った。

「警視庁の者です。納谷ミチルさんはいらっしゃいますか」

7

「素実ちゃん、こっちを向いて」

わたしはそれまでずっと伏せていた顔を上げた。

椿《つばき》警察署の三階。留置場の面会室は、少し寒かった。だが、アクリル板の向こう側にいるミチルの顔には赤味がさしている。今日は体調がいいようだ。

「元気でやってる？」

「……はい」

「わたしもよ」

「……安心しました」

「ちょっと、そんなに落ち込まないで。もっと元気出しなさいよ」

わたしはまた俯《うつむ》いた。どうしてもミチルの顔をまともに見られない。

「この前言ったアージルとかいう人の学説、あれは取り消す。やっぱり人と人は会話をするとき、ちゃんと視線を合わせなきゃ駄目ね。ほんと、学者の言うことっていい加減だわ」

ミチルの笑い声は、アクリル板の小さな穴を通して、わたしの耳にはっきりと届いた。

「すみません、こんなことになってしまって」

「変ね。どうしてあなたが謝るのよ」

「そうですね。おかしいですよね」

わたしは立ち上がって、ミチルと目を合わせた。

「そろそろ帰ります」

面会時間は三十分程度与えられていたはずだが、ミチルと向かい合っていたのは十分間にも満たなかっただろう。

「まだいいじゃない。もうちょっといてよ。こっちは退屈してるんだから」

そう追いかけてきたミチルの声は背中で受け止め、わたしは面会室を出た。

もうすぐわたしもそっち側に——アクリル板の内側に行きますから、と内心で呟きながら。

ミチルが覚醒剤取締法違反の容疑者として逮捕されてから、四日が経っていた。

——ミチルさんは普段、どんな匂いをさせていた?

先日、南雲に訊かれたことを思い出す。

「甘酸っぱいような匂いです」

やっぱりな、と南雲は頷いた。

「ギラついた目。痩せた頰。散らかった車。そして甘酸っぱい匂い。——それらは全部、顕著《けんちょ》な特徴だよ。いわゆるシャブ中のね」

その言葉に、わたしは驚かなかった。ミチルが覚醒剤を常用していることにも、財布に白い粉末のパケをいつも入れていることにも、とっくに気づいていたからだ。

「……南雲先生は、どうするおつもりですか、納谷先生を警察に突き出しますか」

「そんな気はないよ。だが、今回のドラマからは降りてもらうしかないんじゃないかな。ほかのスタッフに迷惑がかかるから、しかたがない」

それだけを言って、南雲は離れていった。

ミチルが逮捕された原因は、落とした財布が交番に届けられたからだ。覚せい剤のパケが入った財布が。

わたしがマスコミに犯行声明を出し続けてきたのは、それを恐れたからだった。社会心理学的な法則によれば、衝撃的な犯罪が起きると、世の中の決まりを守らなければならないという固定観念に対し、人々は疑念を持つらしい。有名人が暗殺された事件のあとでは、拾得物の財布を届ける人が減ったという。

だからわたしは、たまたま起きた事件や事故を利用して、その都度マスコミに声明を出し、世の中を不安に陥《おとしい》れる犯罪者を演じてきた。

ミチルの財布を拾った人が、それを届けないようにと願って。

いまになってみると、馬鹿な真似をしたな、という思いしかない。

幸いここは警察署だ。責任を取ろうと思えば話は早い。

わたしは階段を使い、留置場のある三階から、刑事課のある二階へと足早に降りていった。

一拍早いエピローグ

1

「あ、え、い、う、え、お、あ、お、か、け、き、く、け、こ、か、こ、さ、せ、し、す、せ、そ、さ、そ……」

何日かぶりの発声練習を終えた喉は、かなり渇《かわ》いていた。

庭から屋内に戻ると、わたしはまず台所に行った。冷蔵庫を開け、緑茶のペットボトルを一本空《から》にする。

「友寄《ともより》、いるかい」

ペットボトルをくしゃくしゃに潰してゴミ箱に入れたとき、リビングの方から南《な》雲《ぐも》の声がした。

「お呼びですか」

体操をしていた。

リビングに入っていくと、南雲はソファに座ったまま両手を天井に伸ばし、柔軟

「休憩中のところ悪いが、ちょっと簡単な稽古《けいこ》をしたい。『これは奇遇だ』の相手をしてくれないか」

南雲の言っている言葉の意味がよく分からなかった。

「ほら、きみだって元は監督志望だろう。だったら知らないと恥ずかしいぞ。役者の卵がやるエチュードの一つだよ。スクールによっては『何たる偶然』という呼び方をするところもあるようだがね」

そこまで言われて、やっと南雲の言う「これは奇遇だ」とは何かを思い出した。俳優同士が打ち解け合うための、一つの方法だ。二人の役者が向かい合って座り、交代で一つずつ相手に質問を投げていき、互いの共通する点を探していくのだ。

共通点が見つかったとき、二人で一緒に大きな声で「これは奇遇だ」と言い合うようにする。そうして十個ほども見つかったころには、それまで他人行儀に振舞っていた者同士が、嘘のように親密になっている。そんな効果を持った演技の訓練法だ。

わたしは南雲の向かいのソファに腰を下ろした。気が進まなかったが、頼まれた

以上やるしかない。いま庭先で発声練習をしたのも、台本《ほん》読みの相手を頼まれることを見越してのことだったのだから。

仕事がオフでこうして自宅にいる午後、南雲は思い出したように昔自分が経験したエチュードのおさらいをやりたがる。

「じゃあ、まずはこっちから質問するよ」

長身の相手は、短軀《たんく》のわたしに視線を合わせるため、上体を少し前に屈《かが》めた。

「今朝、ぼくは朝ご飯をちゃんと食べたけれど、栄支《えいじ》くんはどうですか」

「食べてきました」

わたしは答え、そして南雲の口元を注視し、タイミングを計ってから続けた。

「これは奇遇だ」

「これは奇遇だ」

同時に南雲も同じ言葉を口にしたため、二人の声がぴたりと重なった。

「今度はこっちから。小学校で学級委員長になったことがありますか。ぼくはあります。草介《そうすけ》くんはどうですか」

「ぼくもあります」

「これは奇遇だ」

「これは奇遇だ」

「今度はこっちから。学校の勉強で、ぼくの好きな科目は音楽です。栄支くんは何ですか」

「ぼくは図工です。——今度はこっちから。ぼくは牛乳が嫌いです。草介くんはどうですか」

「ぼくも嫌いです」

「これは奇遇だ」

「これは奇遇だ」

そんな練習を十分ほど続けただろうか。壁に掛けられた時計に目を向けると、時刻はもう午後一時半を回っていた。

わたしはソファから立ち上がった。

「南雲さん、そろそろ動物園に出掛ける時間です」

「そうか」

南雲もソファから腰を上げた。よっこらしょ。口にこそ出さないが、そんな小声が聞こえてきそうな、全身に薄く疲れを滲《にじ》ませた動きだった。俳優というものは撮影ライトの光を浴びてこそ輝くものらしい。こうして自宅にいるときは、南雲ほど経験を積んだ役者でも、ごく普通の初老男性といった感じだ。

「急ぎましょう。きっと教え子さんたちはもうみんな待っていますよ。——さあ、いまのうちにこれをかけてください」

わたしはタブレット型コンピューターをバッグに入れてから、いつものように、南雲にツルの太い黒縁眼鏡を手渡した。

「友寄、ぼくはこの眼鏡のデザインが気に入ったよ」南雲は愛おしそうに眼鏡を顔に載せた。「この先もずっとかけていていいかな」

「いいですけど、いまのままじゃあ重くてしょうがないでしょう。あとひと頑張りして、もっと軽くしませんか」

2

上野動物園に足を運んだのは半年ぶりだった。

普段はアクターズスクールに通っている南雲の教え子たちが十人ばかり、動物園のゲートを入ったところに固まっているのが、券売機のところから見えた。

「では、行ってらっしゃい」

大人二人分の入場券を買い、ゲートをくぐったあと、わたしは南雲の背中を軽く押し、研究生たちの方へ送り出してやった。

彼らの中には、すでにテレビドラマに端役《はやく》で出演している者もいる。それなりに

まずさ半分といった様子だ。

南雲はと言えば、一般人の客から握手やサインを求められたりしても苦にしない方だが、指をさされてこそこそ噂話をされるのは好きではない。だからプライベートで外に出るときは、最低でもキャップは欠かせなかった。

意外に思う人もいるかもしれないが、役者はよく動物園にやってくる。特に、ここ上野動物園では、過去にも何度か同業者を見かけていた。だが、それらはみな若手の連中だった。南雲のようなベテランがここへ来るのは珍しいことなのだ。

わたしはタブレット型コンピューターを開いた。

南雲がかけている眼鏡。そのツルの部分に仕込まれた小型カメラの捉えた映像が、鮮明に映し出された。

「動物を見ていて面白いのは、ときどきすごく人間臭い感じがする点だね」

マイクが拾った南雲の声も、はっきりとタブレットのスピーカーから聞こえてくる。

眼鏡のカメラは、ガラス越しにライオンを見やった。雄のライオンは土の上で仰《あお》向《む》けになり、無防備に腹を見せて寝そべっている。

「ライオンを見たのは、ロケで中国のサファリパークへ行って以来だよ。ああいうだだっ広い施設では、彼ら百獣の王を長生きさせるために何をしているか知っているかい」

　カメラが研究生たちの方へ向けられた。誰の頭にも答えが浮かばないらしい。

「車でわざと轢《ひ》こうとするんだ。飼われているライオンはストレスを何一つ感じない。すると、かえって早死にするそうなんだな。体を健康にしておくには、ある程度の緊張感が必要だということだね。もちろん、車よりもライオンの方が素早いから、轢かれることはない」

「でしたら、この雄は」

　タブレットの画面の中で、研究生の一人がライオンのたるんだ腹をガラス越しに指さした。

「そう長くは生きられないかもしれませんね」

「ああ。それは我々も同じだよ。緊張感の抜けた役者は、じきに死ぬ」

　アクターズスクールや大学の演劇学科によっては、学生に「アニマルエクササイズ」という訓練を課しているところがある。これは、自分を動物に喩《たと》えるとしたら何かを決めて動物園に行き、その動物をつぶさに観察して特徴を摑《つか》んでから動きを真似てみる訓練のことだ。

　例えば、小ずるい男という人物を演じるなら、狡猾《こうかつ》な動物というイメージが強い狐の動きを参考にしてみる。図体はでかいが気は優しいといった人物なら、象を観察してみるといった具合だ。動物園で若い役者を頻繁《ひんぱん》に見かける理由はここにある。

次に一団が向かった先にいた動物はニシローランドゴリラだった。

南雲のカメラが、ガラスの向こう側にある飼育エリアの方へ向けられた。

仲間たちから離れ、人工的に作られた斜面に独りぽつんと腰を下ろしている個体がいる。蚤《のみ》にでもたかられたのか、そのゴリラは体のあちらこちらを面倒くさそうに掻《か》き毟《むし》っていた。

ゴリラといえば思い出す話がある。横綱にまでなったある有名な力士が動物園に来たとき、雄のゴリラが酷《ひど》く暴れ出したことがあったらしい。押し出しのいい人間は彼らにとって好敵手に見えるようだ。

カメラとゴリラの視線が合った。南雲なら身長が百八十センチを超えているが、大相撲《おおずもう》の力士に比べたら小柄な部類だ。こうなると、相手は歯牙《しが》にもかけないといったふうで、何の反応も見せてはくれなかった。

「ゴリラは、みんなの目にどんな動物として映るかな」

南雲が問いかけると、タブレットの画面内で男性の研究生が一人手を挙げた。

「一見磊落《らいらく》でも、実は情緒的に不安定で、わずかなことにも過敏に反応してしまう。そういう動物です」

「ほう、ゴリラに詳しそうだね」

「はい。動物園のゴリラはおそろしく神経質になっている、という記事を何かで読んだことがありましたから。オーディションを受けるときにきっと参考になると思って、前にじっくり、この生き物を観察したことがあるんです」

「じゃあ、その研究成果をわたしに披露してみてくれないか」

「……と言いますと」

「ゴリラの真似を、ちょっとやってみてくれ」

「ここで、ですか」

人目があるから無理ですよ。そう表情で訴えるのかと思ったが、さすがに役者の卵だ。予想とは反対に、彼はやる気満々の表情で腰を落とした。その場でナックルウォークをしたあと、ドラミングをしてみせる。

画面の中に南雲の両手が映った。簡単な拍手を研究生に送っている。

「よく研究しているね。ゴリラのドラミングを真似するとき、たいていの人は拳《こぶし》で胸を叩く。だがそれは間違いで、本当はグーではなくパーの手で叩かなければならない。いま彼がやってくれたようにね。――ちょっと実物を観察してみようか」

南雲のカメラがガラスの向こう側に向いた。何十秒かじっと待ったが、ゴリラがそう都合よくドラミングしてくれるわけもなかった。

「そうだな」

残念だね、のひとことを口にする代わりに、南雲は人差し指を立ててみせた。

「動物つながりで、一つ教えておこうか。きみたちは、蛇行《だこう》、雀行《じゃこう》、虎行《ここう》という言葉を聞いたことがあるかい」

「『だこう』というのは」先ほどの研究生が言った。「蛇に行と書くあれのことですか」

「そう。あとの二つは雀《すずめ》と虎《とら》に行の字だ」

「その二つは初耳です」

「じゃあ参考までに聞いてくれないか。蛇行というのは、まあこんな具合だね」

南雲は腰を左右に振り、フラフラとよたっているような体の動きで、五歩ほど歩いてみせた。

「真《ま》っ直《す》ぐ歩いているようで、実は微妙に左右にぶれている、という歩き方だ。一見すると善人だけれど、実は下心のある狡猾な人物。そんなキャラクターを演じるときは、この蛇行を使って演じてみるといい」

タブレットの画面がぐらぐらと揺れた。南雲が蛇行を実演したせいだ。

研究生たちにとって初めて耳にするテクニックだったせいか、どの目も好奇心に輝いている。

「それから、雀行というのはこんな歩き方だ」

今度は、タブレットの画面が上下にけっこう激しく揺れた。南雲は、一足ごとにぴょこぴょこと体が跳ね上がるようにして歩を進めてみせる。

「頭はよく回るが、見識が足りない人。いわゆる、才余りありて識足らず、というタイプの輩《やから》。そんなキャラクターは、こういう雀のような歩き方で演じてみる」

次には一転、タブレット画面の上下動はわずかなものに変わり、映る情景が後ろに流れていった。

南雲が前進し始めたからだ。姿勢を正し、目をかっと見開き、胸を張り、だが足取りは軽く、滑らかに体を前へ運ぶ歩き方。そんな彼の様子が想像された。

「これが――」

南雲の言葉がいきなり途切れた。

「これが――」

もう一度繰り返しても、続く言葉は出てこないようだった。

どうしたのだろうと、研究生たちも不安気な顔になる。

わたしはタブレットに口を近づけて言った。

「虎行」

「虎行だよ」

わたしの声を、眼鏡に仕込まれた骨伝導スピーカーから受け取った南雲は、そのとおり即座に繰り返して続けた。

「そう、虎行だ。気持ちをゆったり持ち、腰と踵《かかと》に力を入れる。文字通り、虎になった気分で歩く。心身ともに充実している理想的な人物を演じるときは、この歩き方を用いるのがコツだ。いいね」

南雲が無事に説明を終えると、わたしの口からも自然と安堵《あんど》の息が漏れた。

それにしても、大した進歩だ。予想では、南雲の説明はもう少し滞り、サポートの声を何度か送ってやらなければならないと思っていたのだが。

ここまで回復したのなら、もうすぐだ。

もうすぐ、あの眼鏡を軽くすることができそうだ。ツルの内部から、カメラもマイクもスピーカーも取り外して。

第八章　ヘッドボイスの行方

1

脚本の執筆に疲れると、わたしはいつもアクターズスクールに通っていた当時を思い出す。

例えば五年ほど前――入校して間もないころ――こんな出来事があった……。

わたしは視界の隅《すみ》で壁の時計に目をやった。このレッスンが始まってから、まだ十秒しか経っていない。

あと五十秒もある。そう思うと、背中が嫌な汗で湿った。

目の前に立った男は、正直言って、わたしの好みではなかった。

二宮譲《にのみやじょう》。同じ授業を取っているのだから、もちろん名前ぐらいは知っているが、目を合わせたことは、これまで一度もなかったはずだ。当然、こうして一メートルの至近距離で対峙《たいじ》し合うのも初めてだった。

二宮の年齢は二十五、六といったところか。あまり育ちがいいようには見えないし、俳優志望者にしてはコーディネートも下手のひとことに尽きる。だが、着ている服そのものは悪くないようだ。

それはともかく、わたしは二宮と正面から視線を合わせ、脳裏《のうり》で強く言葉を唱えたのだった。

――この男はわたしの幼馴染《おさななじみ》。近所に住んでいて、小さいころからよく一緒に遊んだ。

晴れた日には、庭で足の踏みつけっこ。雨が降ったら家の中でお絵描き。それから二人ともヨーヨーが大好きだった。

彼を異性として意識するようになったのは、小学校に上がってからで、昔みたいに手をつなぐことができなくなった。

年齢は一つ下だから「弟」のように思っていたが、その前に実は、彼は「男」だった……。

わたしはもう一度、時計を盗み見た。ようやく三十秒を経過したころだった。

小さく足踏みし、立ち位置を微調整してから、ふたたび二宮の目を見つめる。

――好き、好き、とっても好き。あなたのことがとても好き。ずっと隠していたわたしの気持ちに気づいて！

もう一度そう強く念じ続けていると、

「そこまで」

ようやく南雲草介《なぐもそうすけ》の声が、レッスン場に木霊《こだま》した。

見ると、南雲の両手が下を向いている。腰を下ろせ、の合図だった。わたしは、それまで目にこめていた力を一気に抜いた。そのせいで軽い立ちくらみを覚え、頽《くずお》れるようにして、レッスン場に座り込んだ。

「では、相手の気持ちをどう読み取ったか、誰かに訊いてみようか」

レッスン場では、二十名の研究生が二人一組になって十のチームを作っていた。南雲は十チームの一つ一つを、首を捻るようにしてゆっくりと見渡したあと、わたしと二宮の方を向いたところで動きを止めた。

「二宮くん」

南雲に名指しされ、二宮は強張《こわば》った顔で立ち上がった。

「きみは仙波《せんば》さんの『好き』という視線を、どんなふうに受け取った？　どんな物語に基づく『好き』だと思った？」

つるりと自分の顔を手の平で撫《な》でるような動作をしてから、二宮は口を開いた。

「ぼくには妻がいて、仙波さんには夫がいる。つまり、二人は不倫関係にあります」

　おお、と場が沸《わ》いた。

「二人とも自分の伴侶や、何より子供のことを気にしながら、それでも交際をやめられず、道ならぬ恋に身を焦《こ》がしている。そういう『好き』だと感じました」

　南雲の視線がわたしに向けられた。

「どうかな、仙波さん。いまの答えは、当たっているか？」

　わたしは静かに首を振り「いいえ」と答えてから、手に握《にぎ》っていたメモ用紙を開いた。

「幼馴染で、二人は現在小学生。小さいころは足の踏みっこをしたり、絵を描いたりして遊んだ仲で……」

　メモ用紙にあらかじめ書いておいた設定を読み上げると、ほかの研究生から小さな笑い声が上がった。

「大人の不倫と小学生の淡《あわ》い恋か」

　南雲は笑《え》みこそ見せなかったが、その代わり、やれやれといったように額《ひたい》に手を当てた。

「ずいぶん開きがあるな」

たいていのアクターズスクールでは、目の力だけで相手に自分の気持ちを伝える、というレッスンを行なう。今日、南雲が課題として出した感情は「好き」だった。

一口に「好き」といっても、その種類は様々だ。恋人同士のような「好き」なのか、友達感覚に近いそれなのか、あるいは兄妹や姉弟のような気持ちに近いものなのか。

こうした細かいニュアンスは、不思議なことに、上手い役者が演じれば、目の演技だけで相手にしっかりと伝えることができる。「目は口ほどにものを言う」という言葉は嘘ではないのだ。しかし――。

どんなに巧《たく》みに視線に思いを込めたところで、受け手が鈍感ならば、それが正確に伝わるはずもない。

――きみさあ、もうちょっとしっかりしなよ。

わたしは、二宮に向けた視線に侮蔑の気持ちを密《ひそ》かに込めてやった。

わたしと二宮のみならず、ほかの九チームも、南雲から与えられたこのレッスンの課題は同じく「好き」という感情だった。南雲がそれぞれのチームに答え合わせをさせてみたところ、半分ぐらいが、相手の意図をだいたい正確に汲《く》むことに成功していた。

「今度は送り手と受け手を入れ替えてやってみようか。次の感情は、いまの反対。つまり『嫌い』だ。どんな嫌いなのか、いま受け手になった人は、まずメモ用紙に書いてほしい」

二宮が背中を丸め、床に置いたメモ用紙にペンを走らせているあいだ、わたしは窓辺へと歩み寄った。窓ガラスが細かく震えている。台風が接近しているため、風はかなり強い。

ビルの二階にあるこのレッスン場から外を見下ろすと、街路樹の銀杏《いちょう》から落ちた葉が、一度風で高く巻き上げられたあと、ばらばらと落ちてくるさまがよく見えた。

落ちる——縁起でもない。南雲の授業が終わるころには、先日受けたオーディションの結果が事務所に届いているはずだった。

正直、今回は手応えがあった。予算こそ小規模だが、劇場公開される映画の、しかも一言だけだが台詞《せりふ》のある役だ。どうしても摑《つか》みたい。

「そろそろ準備はいいか」

南雲の声に、わたしは体の向きを変え、二宮の前に戻った。

「よし、始めよう」

わたしはまた二宮と一メートルの位置で顔と顔を合わせた。

彼の目を見つめる。

十秒が経った。

まだ何も感じることができない。

時計の針が二十秒を過ぎ、三十秒を回っても、わたしの脳裏には「物語」は生まれなかった。

台風のせいで気圧が低くなっているせいかもしれない。天気がいい日に比べれば、どうしても勘が鈍る。

「物語」は突然、四十秒が経過した時点で目の前に立ち現れた。

——おれはビジネスマン。目の前にいる女は仕事上のパートナー。二人で一緒に広告を企画する仕事をしているが、一年先に入社した女の方は先輩風を吹かして何かと威張《いば》る。そのうえ頑固で傍若無人《ぼうじゃくぶじん》。相手の意見をほとんど聞かないし、失敗があれば自分は無責任な態度を決め込む……。

一分が経ち、南雲が終了の合図を出した。

答え合わせの段になり、わたしはいま頭に浮かんだとおりの言葉を口にした。

二宮は少しだけ目を見開いた。その表情から見当がついた。いまわたしが言ったことはだいたい当たっているのだ。

二宮が自分の書いたメモを読み上げる。

「二人は仕事上の同僚だが、折り合いが悪い。男は女のわがままぶりに手を焼いていて……」

案の定、ほとんどわたしの思ったとおりだった。

2

授業を終え、スクールの事務室に立ち寄った。そこでオーディションの結果通知書が入った封筒を受け取り、その場で中身を確認してから、わたしは玄関へ向かった。

十月にしてはかなり寒く、自然と体に力が入る。

空を見上げれば、灰色の雲がかなりの速度で西から東へと流れていく。まだ午後四時前だが、すでに夕闇が迫っていた。

短い階段を降りて歩道に出る前、わたしは我慢ができずに、もう一度バッグに手を入れた。

オーディションの合否通知。仙波ハルカ様。わたしの名前が書かれたその紙には、「合格」の赤いスタンプがたしかに押してあり、リハーサルの日時や集合場所が書いてある。

強風に飛ばされないよう、しっかりと握った指で紙を持つ。これからのスケジュールを頭に焼き付けたあと、それをバッグにしまい直して、代わりに折り畳んだタオルを一枚取り出してから階段を降りた。

スクールから駅までは上り坂だ。これだけ向かい風が強いと、爪先上《つまさき》がりの傾斜が恨めしい。だが半面、これはありがたい風でもあった。

先ほどバッグから出したタオルを口に当てる。

「ラレリロル、ラレリロル、ラレリロル……」

発声練習の際には、ラ行から始めると、口が滑らかに動くようになると教えてくれたのは南雲だ。

タオルを口に当てる。これは、ボイストレーニングをしなければならない者にとって、なかなか便利な方法だが、どうしても声が漏れてしまうため、カモフラージュの音が周囲にない場所では、さすがにやりづらい。とはいえ、いまのように風が強ければ、少々大きな声を出しても不審がられることはないだろう。

「ハヘヒホフ、ハヘヒホフ、ハヘヒホフ。パペピポプ、パペピポプ、パペピポプ……」

わたしの場合、口の周りの筋肉を最もよくほぐしてくれるのはハ行の発音だから、ここは特に念入りに繰り返す。

「マメミモム、マメミモム、マメミモム……」

できるだけ高い声を出すように努めた。

頭に響くような声――いわゆるヘッドボイスの発音が、わたしは苦手だった。だがそれではプロの役者は務まらない。今度の映画はアフレコではなく同時録音だという。本番でどんな声を要求されてもいいように、しっかり準備をしておかなければ。

「カケキコク、カケキコク、カケキコク」

南雲によれば、ヘッドボイスを出すには、頭頂部から出る大きな放物線を思い描き、それが相手に届くさまを想像しながら声を出すといいらしい。体を大きく使って、ボールをできるだけ遠くに放り投げるイメージを持て、とも言っていた。

そのとおりにしてみたが、やはり自分が理想としている声は出てくれなかった。

わたしはいったんタオルを口元から離した。

このあたりは古い建物が多いのか、いま通り過ぎた喫茶店の窓など、すぐにも割れそうなぐらいガタガタとうるさい音を立てている。

前方に大柄な男性が二人、並んで歩いていた。彼らの背中は、ちょうどいい風除《かぜよ》けになりそうだ。二人の背後を歩けばこの風圧をいくらか軽減することができそうだった。

そう思った直後、背後で声がした。

「危ないっ」

わたしにかけられた声だと分かった。

とっさに頭を抱え、腰を屈《かが》め、そのときいた場所から斜め横の方へ移動する。

次の瞬間、背後でドスンと鈍い音がした。

振り返ると、大きな看板が路上に転がっていた。

看板には『マルナカ食品通販』と名称が書かれている。看板の表面はプラスチック製で、落下の衝撃で割れてしまっていた。その裂け目から、内部に仕込まれている電球がいくつか覗《のぞ》いている。

もし「危ない」の声がしなければ、この看板はわたしの頭上に落下していたはずだ。そう悟ると、急に動悸《どうき》が激しくなった。

路上に尻餅をついたまま、何度か深呼吸を繰り返す。

そのうち、看板を設置していた会社の人だろう、中年の男がビルから出てわたしの方へやってきた。そしてわたしと看板の位置関係から状況を把握《はあく》したらしく、血相を変えてこちらに向かって何度も頭を下げ始めた。

ずいぶんしつこく謝ってくれるわね。いいのよ、とりあえず無事だったんだから。そう思いながら立ち上がった。

だが、二本の足が体を支えていたのは一瞬だけのことだった。ぐらりと視界が揺れたかと思うと、わたしの体はまた冷たい歩道の上に倒れてしまっていた。

何が起きたのか理解できないまま、わたしは自分の足に目をやった。

歩道に埋め込まれた視覚障碍者《しょうがいしゃ》用の黄色いブロックの一部を、赤黒い液体が覆っている。それが自分のふくらはぎから流れた血液だと分かるまで、少し時間がかかった。

3

序盤の二十ページほどを付箋《ふせん》を貼りながら読み、そしてわたしは一度、手にしていた文庫本を閉じた。

天井を見上げて、ふうっと息を吐き出す。そうしてから、また付箋のついた箇所を開いてみた。

これはどんな話なのだろう。

すでに読んだ箇所を要約すると……。

中年の女が、ある男と不倫をしていた。そして捨てられた。女は納得できず、男の家の前に朝から晩まで立ち続ける、という嫌がらせを始めた。そこまではいい。

注意しなければならないのは、女の心情が「犯罪者として見られることには納得できなかった」と書かれている部分だろう。この記述からすれば、女は明らかにストーカーなのに、自分ではそう思っていない、ということになる。

脚本化する際の大きなポイントは、どうやらこのあたりに潜《ひそ》んでいそうだ……。

わたしは続きを読み始めた。

三か月前、台風の影響で風がやたらに強かった日、わたしは落下してきた看板のせいで右足に大怪我《おおけが》を負った。最初、ふくらはぎから出血しただけかと思ったが、病院で診てもらったところ、脛《すね》の骨が折れていた。

骨は一か月ほどで繋《つな》がったものの、右足に体重をかけるたびにひどい痛みを感じるようになった。つまり、常に片足を庇《かば》うようにしていなければならなくなったわけだ。鏡の前で何度も、元のように歩く練習をしたが、どうしても体の傾きを直すことができなかった。

こうしてわたしは、役者の道をあきらめざるをえなくなった。

それでも、通っていたアクターズスクールに籍を置いたままにしておいた。映画やテレビドラマの製作にかかわりたいという気持ちが消えなかったからだ。

俳優・タレント科から脚本科へと、思い切って籍を変えたのは先週のことだった。

気がつくと、目は活字の上を上滑《うわすべ》りしていた。

きっちりと読んだ記憶のある部分まで、文庫本のページを捲《めく》り返す。そんなことをしているうち、玄関のドアが開く音が聞こえてきた。

「兄さん、帰ったの？」

玄関に声をかけながら壁の時計に目を向けると、もう日付が変わる時刻になっていた。

わたしは玄関口まで出て行き、兄を出迎えた。

「ただいま」

兄、雅人《まさと》の口調は機械的だった。表情も生彩《せいさい》を欠いている。体と背広の隙間《すきま》が、また広くなったようだ。目が落ちくぼみ頬もこけ萎《しな》びたように見えた。極度に憔《しょう》悴《すい》しきっているのは明らかだ。

「晩ご飯は、ちゃんと食べたの？」

「食べてきたよ。もう風呂に入って寝る。——明日の朝は六時に起こしてくれないかな」

雅人は体を伸ばさず、両手をだらりと垂らしたまま欠伸《あくび》をした。

「顔色がだいぶ悪いよ。働きすぎじゃないの」

「大丈夫だって」

雅人は笑ってみせるが、顔の筋肉を無理に動かしていることは明瞭《めいりょう》だった。このところ、わたしと目を合わせると、兄はいつも薄笑いを顔に張り付かせるようになっている。

「一日でもいいから、休暇を取れない？」

雅人は風呂場に向かって歩きながら、横に首を振った。

「ねえ、いま、どんな事件を追っているのか教えて」

「例の後家《ごけ》さん連続十五人殺しさ。もう時効が迫っているからね。そのうえ犯人を見たという目撃情報が幾《いく》つも寄せられている。どうせガセばっかりだろうけど、調べないわけにもいかない。もし捕まえられなかったら、我が警視庁は世界各国のポリスメンから笑われる」

仕事の内容についてわたしが質問をすると、兄はいつもこんな作り話をしてはぐらかす。いまは殺人罪の時効は廃止されたし、そもそも未亡人が十五人も連続して殺された事件など存在していない。

公務員に守秘義務があるのは知っている。ことが犯罪となれば人権やら名誉棄損《きそん》やら面倒くさい問題が絡んでくるから、刑事ならいっそう厳しくその義務を守らなければならないのだろう。それも理解できるが、家族との何気ない会話が事件解決の重要な手掛かりになることだってあるのだから、少しぐらいは話してくれてもいいだろうに。

　また雅人が欠伸をした。さっきと同じように、体を伸ばさない状態での、いわゆるなま欠伸だった。これは慢性的な疲労を抱えている証拠だと、何かの本で読んだことがある。

　雅人の目がわたしの机に向いた。

「その文庫本は？」

　重ねて仕事のことを訊かれるのを警戒してか、兄の方から質問をしてきた。

「小説だよ。よく知らない作家の書いた、つまらない短編集。学校の課題で、この中の一つを脚本にしなきゃいけないの」

　返事もせず、雅人は風呂場に向かった。

　脱衣場で彼が脱いだワイシャツを受け取ったとき、わたしはヤニの匂いを嗅いだ。

「またタバコを吸い始めたの？」

　兄は学生のころ喫煙していたが、警察に入ってからはやめていたはずだ。

「……いいや、刑事部屋でついた臭いだよ。先輩も同僚もよく吸うから」

　雅人はわたしから目を逸《そ》らすように背中を向け、下着を脱ぎはじめた。

　その間、わたしも雅人に背を向けていた。

雅人が風呂に入った。

わたしは湯船につかっている兄に、曇りガラスを通して声をかけた。

「お風呂に入るときは体をぜんぶ湯船に入れるんじゃなくて、下半身だけつけると疲労回復にいいんだって。心臓に負担をかけないように」

兄が何か返事をしたようだったが、狭い風呂場の中で反響した声はくぐもってよく聞こえなかった。


翌朝は五時に起き、朝食の用意をし、六時まであと五分という時間になったときに兄の部屋へ行った。

兄はまだ眠っていた。閉じた瞼《まぶた》の下で眼球が忙《せわ》しなく動いている。レム睡眠と呼ばれる状態で、眠りが浅い証拠だ。夢を見ているのだろうか、瞼が痙攣《けいれん》している。

午前六時きっかり、わたしは兄の体をそっと揺り動かした。不思議なことに、人は体を揺すられると、はっきり目を覚ます。

雅人が起き上がったのを確認してから台所に戻り、朝食をテーブルに並べた。

一階に降りてきた兄は、しきりに洟《はな》をかんでいる。

「風邪でもひいたの？」

「アレルギー性の鼻炎だ。部屋に埃《ほこり》がたまっているせいだと思う」

「掃除しておいてあげるから、ちゃんと病院に行ってね。声もちょっと変みたいだし」

それには返事をせず、兄は、手にした茶碗に視線を落とした。

「何これ？　このご飯、変な色しているな」

「今日から胚芽米《はいがまい》にしたのよ。ただの白米より疲労回復に効果があるから」

このところわたしは、兄の疲れを取り除く食事を作ることに留意している。味噌汁の具はビタミンB12が多い浅蜊《あさり》に替えたし、おかずの種類も増やしてある。

兄は急に箸《はし》を置いた。

「おれがいまどんな事件を追っているか、おまえに話しておこう」

4

パーティ会場は大勢の出席者で溢《あふ》れ、華やかな空気に包まれていた。各テーブルの上には満開のバラが生けられ、その周囲で、着飾った人々がなごやかに談笑している。

壇上に掲げられた横断幕には「経済盟友会・新春名刺交換会」とある。名の知れた財界人が多く出席する豪華なパーティだった。

そこへいま、一人の男が入って来た。

彼の名字が高室《たかむろ》であることも、職業が刑事であることも、わたしは知っている。高室の服装は一目で安ものと分かるぺらぺらの背広で、パーティの出席者から完全に浮き上がっていた。

高室はわずかに目を細め、周囲を見回し、押し殺した声を発した。

「真壁《まかべ》っ」

光沢を放つタキシードに身を包んだ男が、ぎくりとした様子を見せる。

次の瞬間、高室は、真壁と呼ばれたタキシードの男に向かって駆け出した。

光沢タキシードが逃げる、安背広が追う。真壁の方は体が肥《こ》えているために動きが鈍重《どんじゅう》で、会場出入り口の前で毛足の長い絨毯《じゅうたん》に足を取られて転倒した。

その傍《かたわ》らに高室がすっと立ち、安背広の内側から逮捕状を取り出しつつ、息を切らしながら口を開いた。

「真壁靖男《やすお》だな。殺人の容疑できみを逮捕する」

ここで監督から「カット」の声がかかり、現場の空気がふっと緩《ゆる》んだ。

「OKだ。十五分だけ休憩しよう」

「十五分間休憩します」

は、ぞろぞろとセットから出て、控え室の方へ向かって移動を始めた。
チーフ助監督が大声で繰り返すと、パーティ会場にいたエキストラの役者たち

その流れに逆らうようにして、わたしはスタジオの隅《すみ》を離れ、監督のいる方角へ一直線に歩いて行った。

ディレクターズチェアに座った監督が、小さなモニターを使い、いま撮影した映像を確認している。その背中に向かって、

「違います」

わたしがそう言うと、監督が振り返り、細い金フレームの眼鏡に手をやった。

「何がだい？」

「イメージが違うんです。高室というキャラクターの」

この監督は年配のベテランで、業界歴はわたしの何倍も長い人物だが、わたしは臆《おく》せずに言った。

風呂に掃除《そうじ》に食事にと、甲斐甲斐《かいがい》しく世話をしてくれる妹。彼女のために、現職刑事の兄は少々なら守秘義務を破ってもいいかという気になった。

そんな兄から密《ひそ》かに聞いた数々の内幕話を元にして、わたしは『暗数』という警察ものの脚本を書き上げた。すると、これが業界内でたちまち評判になり、異例の早さで連続ドラマ化の運びとなった。続いて、こうして劇場用の映画まで作られる

幸運に恵まれたのだ。もちろん、今回も台本はわたしが執筆した。

事故に遭《あ》った日からたった一年のうちに、脚本家として大きく飛躍し、売れっ子になった。そんないまのわたしに、怖いものは少なかった。できるだけ自作の質が落ちないよう、気になる点には口を出させてもらう。それがわたしの主義だ。

「もっとはっきり言うと、ぱっと見たとき、一目《ひとめ》で高室だ、とわたしが感じるような役者でなければ困る、ということです」

高室には、兄の人物像を色濃く反映してある。わたしが精魂《せいこん》込めて練《ね》り上げたキャラクターなのだ。脚本どおりに演出してもらわないと納得できない。

身に纏《まと》っているものが安背広なのは、多忙のために服を買いに行く時間がないからだ。給料は年間七百万円近くもらっている。生活レベルは低くない。だから着ているものは粗末でも、内側から人間としてのエネルギーが十分に伝わってこなければならないのだ。

それなのに、演じている役者がどうも貧乏くさいせいで、活気が感じられなくていけない。

高室に扮《ふん》していた俳優が、どうやら自分のことを言われているようだと察したのだろう、こちらへやってきた。

「どこがいけないんですか」

「あなたがよ」

ぼくが、というように、その俳優は自分で自分の胸を指さした。

「そう。あなたがわたしの持っているイメージとまるで違うのよ」

その役者、二宮譲《にのみやじょう》は、わたしの方をじっと見据《みす》えてきた。わたしも負けずに見返す。わたしと彼の距離は一メートルほどか。五年前、アクターズスクールの稽古《けいこ》場《ば》で、「目だけで感情を伝える」というレッスンをしたときも、ちょうどこのぐらいの近さで対峙したものだ。

この作品に、警視庁の幹部役で出演している南雲草介も近寄ってきた。二宮がこの役を得ることができたのは、南雲の推薦があったから——という事情は、もちろんわたしの耳にもとっくに入っている。

南雲の視線が一瞬だけ下へ向いた。わたしの右足を見たのだと分かった。

強風が吹いたあの日、大きな怪我を負う直前までは、スクールの俳優・タレント科で、彼の指導を受けている身だった。だから事故の様子については、病院で足を吊《つ》られているときに、詳しく彼に語っていた。南雲には探偵癖《へき》があるらしく、彼なりに、ほかに怪我をした学生がいなかったかどうかを含め、事故当時の様子を詳しく調べて回ったようだ。

「つまり、仙波さん」南雲が静かな声で言った。「あなたは、高室役を二宮くんとは別の役者にしてほしい、というわけか」

「そうです」

「明日は撮休日だから、ぼくは学校へ出る。もしよかったら、仙波さんも来てもらえないかな」

話の矛先《ほこさき》を転じてそんなことを言い始めた南雲に、わたしは遠慮なくぎゅっと眉根《まゆね》を寄せてみせた。

「何のためにですか」

学校とはもちろん、南雲が俳優業の傍ら講師を務めている『二十一世紀アクターズスクール』のことだろう。だが、わたしはもうとっくに卒業した身だ。いまさら用はない。

「いや」南雲は白い歯をわずかに覗かせた。「大したことじゃない。ただ、役者の卵たちにちょっと顔を見せてやってほしいだけだよ。一流の脚本家に見られているとなれば、奮起の度合いも違ってくると思ってね」

5

結局、翌日の午後、わたしは懐かしい場所にいた。スクールの稽古場。そこにはツルの太い黒縁眼鏡をかけた南雲が一歩前に出ると、集まった三十人ほどの研究生たちは、一様に背筋を伸ばした。

「今日、この稽古に参加している人は幸運だ。有名人に会えたんだからね。こちらにおられるのが、いま最も売れている脚本家、仙波ハルカ氏だ」

こんなふうに紹介されることを南雲からはひとことも聞かされていなかったが、研究生たちから盛大な拍手が上がった以上、椅子から立ち上がって軽く頭を下げるくらいのことはしなければならなかった。

「仙波先生は元役者志望で、この稽古場でわたしのレッスンを受けたこともある。せっかく来てもらったことだし、先生にも、レッスンに参加していただこう」

遠慮しようと思ったが、また拍手が沸き起こった。わたしは内心で舌打ちをしながら、南雲の手招きに従って、稽古場の中心へ向かって歩を進めた。

「彼らの背後、三メートルほど離れた場所に立ってもらえるかな」

南雲が稽古場の中央を指さした。そこにはいま、五人の研究生が、わたしに背中を向ける格好で直立している。全員、サッカー選手が使うビブスのようなものを上半身に着けていた。ビブスの背には1から5までの番号が振られている。

「彼らに声をかけてほしいんだ。ただし一人だけにね」

後ろを向いている五人のうち、誰か一人に向かって「すみません」でも、「こんにちは」でも「もしもし」でも、好きな言葉をわたしが発する。そして、呼びかけられたと思った人は、後ろを向いたまま手を挙げる。それがこのレッスンの内容らしかった。

「まず、誰に声をかけるかを、こっそりと、見学のみんなに示してほしい。背番号の数字を、指を立てて教えてもらえるかな」

わたしが目をつけたのは、2の数字を着けた小柄な女性だったから、Vサインを作る要領で指を二本立ててやった。

「OK。――じゃあ、背中を向けて立っている人は、声をかけられたのが自分だと思ったら挙手してくれ。自分でないと思ったら動いちゃ駄目だ。いいね」

「はい」の返事を待ち、わたしは、三メートルほど離れた場所から、2の数字をめがけて口を開いた。

「こんにちは」

狙った女性の手を注視したが、それはぴくりとも動かなかった。

「残念だけれど」南雲が顎《あご》に手を当てながら、こちらにゆっくりと近寄ってきた。「仙波さんの声は真っ直ぐに届かない、ということだね。声のベクトルがはっきりしていない、と言い換えてもいい。これがはっきりしている人は、ちゃんと一人だけに狙って声をかけることができるものなんだ」

半円形に居並んだ見学の研究生たちが、失望の溜め息を漏らした。実際に息の音が耳に聞こえたわけではないが、そんな気がして、わたしは急に居心地が悪くなった。

「じゃあ今度は、別の人に発声役をやってもらおうか。——二宮くん、お願いするよ」

前に出てきた二宮は、片手の指を全部広げた。声をかける相手として彼が選んだのは5番の研究生だということだ。

「もしもし」

そう二宮が声を発すると、5番がすぐに片手を挙げた。ほかの四人はじっと立ったままで、少しも身動きをすることはなかった。

研究生たちから、今度は二宮に向かって拍手が送られた。その音量が、南雲の紹介でわたしが立ち上がったときよりも大きかったように感じられ、またいたくプライドを傷つけられたような気がした。

役者としては鈍感に過ぎると思われた二宮だが、この実験結果を見るかぎり、けっして筋は悪くなかったようだ。そのことに初めて気づきながら、わたしは横から送られてくる南雲の視線を頬のあたりに痛いほど感じていた。

――二宮を高室役に推薦した理由はこれだよ。

南雲が言いたいことはよく分かった。『暗数』劇場版のパーティ会場のシーンも、多数いる人間の一人を狙って声をかけるという内容になっている。だから、ベクトルのはっきりした発声ができる二宮こそがふさわしい。そう彼は判断したのだろう。

わたしはますます不快な気分になった。このまま帰ったのでは腹の虫が収まりそうにない。何とかして一矢報《いっしむく》いてやりたかった。

「南雲先生、ちょっといいでしょうか」

稽古には我慢して最後まで付き合い、それが終わったあと、わたしは南雲を空いている別室に誘った。

「何か話があるのかな」

南雲の投げてよこした問いかけには答えず、わたしは彼の真正面に立ち、そして顔をじっと見つめた。

売れっ子の脚本家になると、業界のいろんな情報が勝手に飛び込んでくる。

つい最近、とんでもないネタを仕入れた。

脳梗塞を患《わずら》ったあと、南雲はしばらくいろんな記憶を失っていた、というものだ。

それを回復させたのは、友寄《ともより》という元刑事のマネージャーだった。カメラとマイク、スピーカーを仕込んだツルの太い黒縁眼鏡。そしてタブレット型コンピューター。

ゲリラ撮影で監督が役者に指示を与えるガジェットを使い、友寄が南雲を遠隔操作で〝操る〟ことで、業界内で起きた小さな事件を解決していた。そうすれば刑事役を多く経験してきた南雲の記憶が戻るのではないか、と考えて。

無名のマネージャーは、一人の有名俳優を支え続けた。静かに、影絵のように身を隠しながら……。

最初に誰がこの話を言い出したのか、はっきりしていない。単なる都市伝説の類《たぐい》かもしれなかった。

だが、もし本当だとしたら、名探偵の正体が南雲ではなく友寄だったとしたら、これはなかなかのスクープだ。この話は、ぜひ誰よりも早く自分が脚本化し、次のヒット作としたい。案外、視聴者にウケる話ではないか。

そんな手応えを感じつつ、わたしは南雲の顔を――彼が装着している眼鏡をじっと見据え続けた。

「――ん、これかい？」

南雲は眼鏡を顔から外し、わたしに手渡してきた。

「デザインが気に入ったからかけていただけだ。度は入ってないよ。持ってみるかい」

挨拶《あいさつ》もそこそこに稽古場を後にした。

南雲の眼鏡を持ってみることはしなかった。

彼と友寄との関係の中に、部外者の自分が土足で踏み込んではいけない。そんな気持ちに、なぜか突然襲われたせいだった。

だから眼鏡の重さは不明だ。あの内部にカメラなどの装置がいまも入っているのかどうか分からない。

頭を切り替え、また二宮の起用について考える。

南雲の言い分も理解できるが、それがどうした、というのが正直な感想だった。彼のような、演技の求道者的な人間の目からしたら、なるほど高室の役には二宮が適当だろう。だが、声のベクトルなどというものまで察知できるのは専門家だけだ。一般の観客にとっては、何よりもまず、ぱっと見たときの印象が大事なのだ。

スクールから駅までの上り坂を、軽く右足を引き摺《ず》りながら歩く。いつかとは反対に今日の気候は晴天かつ無風だった。

五年前、タオルを口に当て、発声練習をしつつ歩いたことを思い出していると、やがて古い低層ビルが建ち並ぶ一角に出た。

わたしの俳優生命を奪い、そして脚本家としての成功に導いてくれた『マルナカ食品通販』の看板を通り過ぎる。

内耳に、ふと一つの声が蘇《よみがえ》ったのは、そのときだった。

――危ないっ。

この身を、看板の直撃から救ってくれた声だ。

あのとき、前方に大柄な男性が二人、並んで歩いていた。それでもあの声は、その二人にではなく、このわたしだけに向けられたものだと分かった。ベクトルのはっきりした声だった、ということだ。

強風と、その後に味わった精神的なショックのせいで、発した人物が男なのか女なのかもはっきりしないあの声。

もしかして、あれは二宮の声だったのではないか。わたしを助けたのは彼だったのではなかったか。

そして南雲が今回、稽古場にわたしを呼んだのは、それを暗に伝えるためだったのでは……。

その真偽がはっきりするまでは、高室のキャスティングには口出しをできそうにない。

わたしは、苦いのかそうでないのかよく分からない気分のまま家路を急いだ。

（了）

本書は、２０２1年3月にＰＨＰ研究所から刊行された作品に、加筆・修正したものです。

この作品はフィクションで、実在の人物、団体等には一切関係ありません。

著者紹介

長岡弘樹（ながおか　ひろき）

1969年、山形県生まれ。筑波大学卒。2003年「真夏の車輪」で第25回小説推理新人賞を受賞。08年「傍聞き」で第61回日本推理作家協会賞（短編部門）を受賞。13年に刊行の『教場』は、週刊文春「2013年ミステリーベスト10国内部門」第1位に輝き、14年本屋大賞にもノミネートされた。他の著書に『教場2』『夏の終わりの時間割』『119』『殺人者の白い檻』『新・教場』『球形の囁き』など。

ＰＨＰ文芸文庫　幕間《まくあい》のモノローグ

2024年1月23日　第1版第1刷

著　者　長岡弘樹
発行者　永田貴之
発行所　株式会社ＰＨＰ研究所
東京本部　〒135-8137 江東区豊洲5-6-52
文化事業部　☎03-3520-9620(編集)
普及部　☎03-3520-9630(販売)
京都本部　〒601-8411 京都市南区西九条北ノ内町11
PHP INTERFACE　https://www.php.co.jp/
組　版　朝日メディアインターナショナル株式会社
印刷所　図書印刷株式会社
製本所　東京美術紙工協業組合

ISBN978-4-569-90374-3

PHP文芸文庫

風神館の殺人

石持浅海 著

ある復讐のために高原の施設に集まった十人の中の一人が殺された。犯人の正体と目的が摑めぬ中、第二の殺人が！　長編密室ミステリ。

PHP文芸文庫

逃亡刑事

中山七里 著

警官殺しの濡れ衣を着せられた、千葉県警捜査一課警部・高頭冴子。事件の目撃者の少年を連れて逃げる羽目になった彼女の運命は？

PHP文芸文庫

贋物《がんぶつ》霊媒師

櫛備《くしび》十三《じゅうぞう》のうろんな除霊譚

阿泉来堂　著

「どうか、ここから消え去っていただけないだろうか、この通りだ」霊を祓えない霊媒師・櫛備十三が奔走する傑作ホラーミステリー！

PHP文芸文庫

贋物《がんぶつ》霊媒師2

彷徨《さまよ》う魂を求めて

阿泉来堂 著

ガールズバーに夜な夜な現れる霊、学校に伝わる怪談の真相……祓えない霊媒師・櫛備十三が活躍する人気ホラーミステリー第二弾！

PHP文芸文庫

灼熱

秋吉理香子 著

顔を変え、名前を変え、復讐だけが宿願だった。愛のために人はどこまで狂えるのか? 夫を殺された女の身を焦がす情念を描く衝撃作。

PHP文芸文庫

ほかに好きなひとができた

加藤 元 著

簡単に人と付き合うけれど「好きなひとができた」とすぐに別れる男。彼に翻弄される人々の悲劇を描く傑作サスペンス。

PHP文芸文庫

あなたの不幸は蜜の味

イヤミス傑作選

宮部みゆき、辻村深月、小池真理子、沼田まほかる、新津きよみ、乃南アサ 著／細谷正充 編

いま旬の女性ミステリー作家による、「イヤミス」短編を集めたアンソロジー。見たくないと思いつつ、最後まで読まずにはいられません。

PHP文芸文庫

あなたの涙は蜜の味

イヤミス傑作選

宮部みゆき、辻村深月、宇佐美まこと、篠田節子、王谷 晶、降田 天、乃南アサ 著／細谷正充 編

旬の女性ミステリー作家によるイヤミス・アンソロジー。見たくないと思いつつ、最後まで読まずにはいられなくなること請け合います。